書下ろし

はないちもんめ 福と茄子

有馬美季子

目次

第一話　安くて旨い鰯が熱い　5
第二話　夏祭り、烏賊の焼ける匂い哉　75
第三話　素麵が奏でる味　155
第四話　切ない月見酒　223
第五話　真心の料理　307

第一話　安くて旨い鰯が熱い

一

鰯の焼ける匂いが、夜風に乗って通りに漂っている。空には星が緩やかに瞬いていた。

文政七年（一八二四）、皐月（五月）の末。この時代の五月といえば、現代の六月にあたる。

一昨日、両国で川開きが行われ、江戸はいつにも増して活気づいていた。連日花火が打ち上げられ、大川は納涼船が行き交い、夜も多くの人で賑わっている。

梅雨の時季だが、ここ数日は天気がよく、今宵もなかなか蒸し暑い。軒行灯の灯る料理屋〈はないちもんめ〉では、お客たちは団扇を手に、料理と酒を楽しんでいた。

「いやあ、〝めざし〟ってのは、堪らねえな！　頭から尻尾まで丸ごと食えて、鰯の旨みをたっぷり味わえる。焼き方が上手いから、骨だって気にならねえ。腸のほろ苦さが、また酒に合うんだよなあ」

めざしを齧(かじ)り、木暮(こぐれ)は唸(うな)った。

「本当に美味しいですよね。私も大好きです、めざし」

〈はないちもんめ〉の女将(おかみ)であるお市(いち)に酌(しやく)をされ、木暮は相好(そうごう)を崩す。藤色の縞(しま)の単衣(ひとえ)を纏(まと)ったお市は、店に飾ってある紫陽花(あじさい)にも遜色(そんしよく)ない美しさだ。三十七歳の熟れた色香を漂わせるお市に、木暮は目を細めた。

八丁堀(はつちようぼり)の定廻(じようまわ)り同心である木暮小五郎(こごろう)は、お市を目当てに通ってくるお客の一人で、この店の常連だ。四十四歳になるこの木暮、奉行所では上役に小言を言われ、家ではお内儀に文句を言われ、腹が出ているうえに足は短く、おまけにこの頃は髪も薄くなってきて、まったくもってうだつの上がらぬ男である。

なのに、だ。この木暮、どういう訳か美人女将と謳(うた)われるお市と妙に気が合っていて、二人の仲にやきもきしている者は少なくない。二枚目とは決して言えぬ木暮だが、面倒見がよいのは確かで、今宵も同輩の桂右近(かつらうこん)、手下である岡っ引きの忠吾(ちゆうご)、その子分である下っ引きの坪八(つぼはち)を連れて、〈はないちもんめ〉を訪れていた。

ちなみにこの店は八丁堀は北紺屋町(きたこうやちよう)にあり、同心や与力たちの溜まり場にもなっているのだ。

「こちらの〝胡瓜の梅鰹節和え〟も実にいいです。叩いた胡瓜に、千切った梅と鰹節、白胡麻が絡んで、まさに夏の味。ちょっとかけた胡麻油が芳ばしく、こちらも酒が進みます」

背筋を伸ばして味わうのは、桂右近。桂は木暮と違って二枚目で、仕事もそつなくこなし、性格も温厚で実直、よき夫であり父親である。まさに非の打ちどころがないような男だが、この桂、どういう訳か非常に薄毛で、本人もいたく気にして、付け鬢（付け毛）をしている。上手く誤魔化せたと本人は澄まし顔だが、木暮をはじめ殆どの者がそのことに気づいていた。そして近頃では、皆が気づいているであろうことに、桂もそろそろ気づき始めていた。

「この胡瓜の和え物、飯に載せて食っても最高ですぜ、きっと」

「めざし、醤油ちょっとかけて食べるとほんまに旨いですわ。小さい魚ですが侮れまへんな！　飯にも酒にも合いますさかい」

胸元をはだけて、むしゃむしゃと頰張っているのは、忠吾と坪八だ。

忠吾は二十九歳の、強面で怪力の大男。いかつい風貌の割に睫毛が妙に長いところがなんとも言えず、どうやら男色の気があって木暮にほの字である。それゆえ忠吾は木暮にとって実に忠実な手下という訳だが、酔っ払うと普段は秘めている恋心を抑えきれず時に暴走することがあり、木暮に迷惑がられている。

坪八は二十六歳、大坂の出の、吃驚するほど出っ歯の小男だ。その出っ歯を剝き出しにして料理を美味しそうに食む姿は、愛嬌に溢れている。

忠吾と坪八の凸凹親分子分は、〝羆の忠吾、鼠の坪八〟として八丁堀界隈では知られていた。

めざしと胡瓜の和え物を綺麗に平らげたところで、板場から芳ばしい匂いが漂ってきて、木暮たちは鼻を動かしてにんまりした。今宵も板前の目九蔵が絶品の料理を次々に出してくれるだろうと、期待に胸を弾ませる。

すると大女将のお紋が酒を運んできた。ぐい呑みに注がれた仄かに赤い酒に、木暮たちは「おっ」と声を上げる。お紋は微笑んだ。

「〝赤紫蘇酒〟だよ。赤紫蘇に砂糖を少々加えて煮出した汁で、酒を割ったものさ。呑んでみてよ」

木暮は早速口に含み、舌で軽く転がす。ゆっくりと呑み込み、頷いた。

「甘酸っぱくて、旨えじゃねえか。蒸し暑くなってきたから、こういう味はよけいに染みるぜ」

「この色がまたそそりますね。赤紫蘇ですから、躰にもよいのでは」

「味がよくて躰にもいいなんて、最高ですぜ。さっぱりしてやすから、どんどんいけますや」

喉を鳴らして呑む忠吾に、木暮は苦笑する。

「おい、お前、酒はほどほどにしておけよ」

「親分は酔っ払うと見境がなくなってしまいますわな。その点わてはザルですさかい、こないに美味な酒なら一晩中でも一日中でも呑んでられますわ」

出っ歯をぐい呑みにぶつけながら、坪八は酒を啜って嬉々とする。

「坪八ちゃんは小柄な割に、酔わないよねえ。大きい忠ちゃんのほうが酔いが廻るのが速いなんて面白いね」

お紋がけらけら笑うと、忠吾は肩をいからせた。

「大女将。こう見えて、あっしのほうが繊細ってことですぜ。坪八よりも」

今度は見習い娘のお花が皿を持って現れ、口を挟んだ。

「忠吾の兄いは、根は乙女だもんな！　ほら、次の料理は、乙女も喜ぶ〝丸ごと揚げ大蒜〟だ。塩をちょっとふってあるから、このまま齧ってよ」

皿に盛られた、こんがり狐色の揚げ大蒜に、男たちの目は潤む。

「さっきから漂ってきていた、そそる匂いは、これだったんだな」

「この時季、大蒜はいいですよね。旬ですし」

「臭いなんて気にせずに、たっぷりいただきやしょう！」

「嚙み締めると、芳ばしい匂いとともに、大蒜の独特な旨みが口に広がりますわ。酒が進んで仕方ありまへん」

満面に笑みを浮かべて舌鼓を打つ木暮たちに、お市、お紋、お花は微笑み合う。

五十六歳のお紋は、お市の母であり、お花の祖母である。顔は自他ともに認めるおかちめんこだが、どんな着物も粋に着こなし、皺をも魅力に変える、なんとも洒落た女だ。

十九歳のお花は、母親のお市と違って色黒で、牛蒡だの山猿だのと言われるが、潑剌とした若さに溢れ、いつも元気に飛び跳ねている。

お紋とお市の良人は既に他界し、この店は女三代と板前の目九蔵で営んでいる。お市だけでなく、お紋とお花の魅力に惹かれて訪れるお客だって多いのだ。たくさんのお客を引きつけて離さないのは、もちろん目九蔵の料理があってこそというのは言うまでもないが。

お紋は赤紫蘇酒のお代わりを運んできて、お市にそっと耳打ちをした。

「豊島屋さんがお話があるそうだから、御挨拶しておいで」

　お市は頷き、衿を正して、木暮たちに頭を下げた。

「申し訳ございません。御挨拶して参りますので、ちょっと席を外します」

「なんだ、いっちまうのか。……早く戻ってこいよ」

　顰め面の木暮に、お市はそっと微笑みかけた。

「はい。どうぞお待ちくださいますよう。皆様、ごゆっくりお楽しみくださいね」

　お市は立ち上がると、豊島屋の席へと静々と向かった。藤色の着物に包まれたお市の豊かなお尻に目をやり、木暮はつまらなそうに赤紫蘇酒を啜る。拗ねた木暮を眺め、桂たちやお紋は苦笑いだ。

　揚げ大蒜を頬張り、酒を呷って、木暮は呟く。

「やけに甘酸っぺえな……心に沁みるぜ」

「酸いも甘いも人生ってことだね」

　お紋はさりげなく団扇を扇ぎ、木暮に風を送る。お花が〝丸ごと揚げ大蒜〟のお代わりを運んできて、皿をどんと出した。〝大蒜の醬油漬け〟も添えてある。

「たっぷり召し上がって、精力つけてよ！　小さなことでくよくよしてても始まらないって、旦那」

「……女将がどこかいっちまったってのに、精力つけても仕方ねえじゃねえか」

木暮は仏頂面で大蒜を齧る。桂たちも大蒜に手を伸ばした。

「明日奉行所で、臭うと言われるでしょうか。それでもやめられない旨さです」

「目九蔵さんが作る、この〝大蒜の醬油漬け〟、歯応えといい、毎年最高ですぜ。味も今年は一段とコクがありやすぜ」

大蒜を齧る忠吾にも、お紋は風を送る。

「目九蔵さん、今年は醬油に梅酒を少し加えて、漬けてるみたいだよ。梅酒が利いているんじゃないかな」

「その一手間が料理をさらに旨くするっちゅう訳でんなあ！　赤紫蘇酒にもぴったりで、わて、幸せですぅ」

お紋とお花を相手に、桂たちは楽しそうだ。しかし木暮は気が気ではなく、料理と酒を味わいつつ、お市の様子をそっと窺っていた――。

お市が丁寧に挨拶を述べると、豊島屋は徳利を傾けた。

「女将、まあ一杯」

「ありがとうございます。いただきます」

豊島屋秀太郎に酒を注がれ、お市は一息に呑み干した。

「御馳走様です」

お市が淑やかに礼を言うと、豊島屋は目を細めた。

いかにも成金といった風情の豊島屋は五十歳を過ぎており、十年ほど前は〈はないちもんめ〉の常連だった。お市を目当てに通い詰めていたのだが、いくら口説いても素っ気なくされ続け、諦めたのかまったく来なくなってしまった。お淀という女が営む料理屋へ乗り換えたのだ。

ちなみにこのお淀、美人女将と謳われるお市が気に食わないようで、意地悪を仕掛けてくることもあるが、お市は取り合わない。お紋やお花は、お淀のことを女狐と呼んでいた。

そのお淀の店に通っていた豊島屋であったが、お花が往来で配っていた引き札（散らし）がきっかけとなり、思い出したかのように再び〈はないちもんめ〉を訪れるようになっていた。

十年経っても色褪せぬお市の美貌と色香が、豊島屋の思いを再燃させたようで、この頃ではお淀のことなどすっかり忘れ、こちらのほうに通い詰めている。

「いやあ、いい呑みっぷりだねえ。女将は酒が入ると、白い肌がほんのり色づくのがまたよくてね。なんとも悩ましいんだ、これが」

「そんな……今度は私がお注ぎいたします」

お市は笑みを浮かべ、豊島屋に酌をし、その連れの男にも注いだ。

その男がこの店に来たのは初めてだった。整った目鼻立ちに、滑らかな肌。すらりとしているが決して痩(や)せ過ぎではなく、袖(そで)から覗(のぞ)く腕は逞(たくま)しい。

「ありがとうございます」

お市に酌をされ、男は丁寧に礼を言う。お市と男の目が合った。男の目は切れ長で、穏やかでありながらも、どこか妖(あや)しい。つまりは、色気があるのだ。

蒸し暑いからだろうか、お市は掌(てのひら)が微かに汗ばむのを感じた。

豊島屋はお市の顔色を窺いながら、切り出した。

「この男の紹介がまだだったな。貫壱(かんいち)という、板前だ。不忍池(しのばずのいけ)近くの下谷(したや)広小路(ひろこうじ)の料理屋で働いている」

「まあ、板前さんなのですか」

お市が目を見開くと、貫壱は含羞(はにか)んだ。

「いえ、板前といいましても、店はこちらのように立派ではありません。小さな店の雇われの身で、お恥ずかしい限りです。こちらのお店のことは予てから豊島屋さんに聞いておりまして、本日はこうして連れてきていただけて、たいへん嬉しく思っております」

「そうでしたの。……板前さんにお料理をお出しするのって勇気がいりますが、うちの板前が腕によりをかけて作りますので、味わってくださいね」

「はい。豊島屋さんがいつもこちらのお料理を褒めていらっしゃるので、後学のためにも、今日は楽しみにして参りました。……でも、お褒めになるのも分かります。お店の雰囲気はもちろん、女将さんのおもてなしも心地よくて」

「ま、まあ……お上手」

お市はすかさず、貫壱に酌をする。そんな二人を眺めつつ、豊島屋は眉を少し蠢かせた。

「そういや女将の御亭主は板前だったよな。女将と板前というのは、料理を介して何か通じ合うものがあるんじゃないか？」

貫壱と目が合い、お市は不意にうつむく。貫壱はお市に訊ねた。

「御亭主がいらっしゃるのですか。今は板前ではなく別のお仕事を？」

「いえ……亡くなっております、もう九年も前に。胸の病で」

「そうだったのですか。それは失礼いたしました。お亡くなりになったのは残念ですが……御亭主、きっと極楽で喜んでおられますよ。御亭主の志を継いで、女将さんたちが力を合わせてこのお店を守り立てていらっしゃるのですから。これだけ繁盛させて、見事なものです」

貫壱の言葉に、お市の胸が熱くなる。

「ありがとうございます」

小声で礼を述べ、貫壱に酌をするお市の手は、微かに震えた。

豊島屋がわざとらしく咳払いをしていると、お紋が料理を運んできた。

「お待たせしました。〝鰯の赤紫蘇と梅干し煮〟ですよ。下魚なんて言われる鰯だけれど、うちの板前の腕にかかれば上物の味に変わってしまうのでね」

皿に盛られた鰯を眺め、豊島屋と貫壱は喉を鳴らす。鰯の匂いと、酒と醤油の芳ばしい匂いが、溶け合って漂う。赤紫蘇と千切った梅干しが絡まって、鰯は下魚などとは呼べぬ艶やかな輝きを放っていた。ちなみにこちらの料理には、鰯はめざし（カタクチイワシ）ではなく、もちろんマイワシを使っている。

二人は早速箸をつけ、目を細めた。

「うむ。たかが鰯、されど鰯だ。腸をしっかり取り除いているから苦みもなく、ふっくら軟らかく煮られておる。赤紫蘇と梅干しもよく馴染んでおるぞ」

「鰯に汁がよく滲んで、骨もまったく感じずに食べられますね。頬張ると、ほろほろ蕩けるようです。この一品だけでも、板前さんの腕が伝わって参ります」

「板前は、鰯を煮るのに、梅酒も使っておりますの。梅酒に甘味があるから、味醂を使わずに済むそうです」

「なるほど梅酒を料理にも活用なさっているのですね。赤紫蘇、梅干しに加えて梅酒で煮れば、ますます鰯にも味が染み込むという訳ですな。鰯の臭みもまったく消えますし」

貫壱は感嘆し、豊島屋は喚いた。

「なんだか飯がほしくなってしまうぞ！」

「気づかず、すみませんねえ。今お持ちします」

お紋は急いで板場へ向かう。貫壱は鰯をゆっくりと噛み締め、味わった。

「実に旨い。酒も進んで仕方がありません。下魚をこれほど味わい深い魚に変えてしまうなんて、まさに手妻（手品）だ」

お市は嫋やかに、貫壱に酌をした。行灯の柔らかな明かりに照らされ、淡い色の紫陽花が揺れている。

お紋は御飯と一緒に、新しい料理も運んできた。

「〝鰹の大蒜衣かけ（竜田揚げ）〟ですよ。旬を過ぎた鰹でも、こうすりゃ美味しくいただけますんでね」

こんがりとした衣かけに、豊島屋と貫壱は、おおっと歓声を上げる。鰹の衣かけに、薄く切った大蒜の素揚げが鏤められているというのが、また堪らない。

「どれ」と箸を伸ばし、さくさくと嚙み締め、豊島屋は恍惚の笑みを浮かべた。続いて貫壱も頰張り、満足げに頷く。

「鰹に味が染みてますねえ。このタレには、醬油に生姜汁、大蒜汁、梅酒も使ってます？」

「ええ、仰るとおり、その四つですわ。そのタレに暫く漬けておいてから、片栗粉を塗してさっくり揚げますの。時季外れの鰹などをお出しして、少々お恥ずかしいのですが……」

お市は長い睫毛をそっと伏せる。豊島屋と貫壱は首を大きく横に振った。

「とんでもない！　この大蒜の素揚げと一緒に頰張ると、何とも言えぬ極楽の味だ。若さが蘇ってくるようだよ。力が湧いてくるのか、躰が熱くなってくるな」

「そういえば、暑さが増したような……酒もずいぶん呑んでしましたからね。旨過ぎて、つい」

お市は微笑みつつ、二人に団扇で風を送った。

「豊島屋様は高いものを普段からいっぱい召し上がっているでしょうから、お口に合わないかと心配していたんです。でも、お気に召していただけたようで、よかったですわ」

「なに、心配など無用！　安かろうが高かろうが、旨いものは旨い。ならば安くて旨いのが一番よい。わしだって今は高いものを食える身分じゃが、ずいぶんと苦労した時期もあったからな。まあ、最悪なのは高くて不味いってことだ。そんなものを食わされた日にゃあ、騙された気分になるぞ！」

「まさに、いっぱい食わされた、と」

澄まして言う貫壱に、お市は目を瞬かせる。

「まあ、お上手……」

和やかな笑いが起きた。

そして木暮はと言えば、離れた席から彼らを眺め、歯軋りをしていた。

――なんでえ、あのすかした野郎は！　豊島屋め、あんな男をわざわざ連れてきやがって――

　木暮の心中が分かるのか、桂、忠吾、坪八はにやけている。真剣にヤキモチを焼いている男というのは、傍から見るとなかなか面白かったりするものだ。それで桂たちは、つい口を出したくなる。

「仕方ないですよ、木暮さん。女将もお仕事なのですから」

「旦那、もし女将にフラれても、あっしがおりやすから！　あっしが、いつでも励ましやすぜ」

「女将の隣の兄さん、ええ男ですもんなあ。役者みたいですわ！　あないな男に言い寄られたら、さすがの女将もよろめくんちゃいますぅ？」

　木暮は三人をぎろりと睨み、大声を上げた。

「おい、お花！　こっちにも〝鰯の赤紫蘇と梅干し煮〟だとか〝鰹の大蒜衣かけ〟だのを持ってこい！　なんでえ、ほかの客にばっかり出しやがって。俺たちだって食いてえじゃねえかよ！　早く作れってんだ！」

「あいよ」

　木暮の剣幕に、お花は呆れつつ板場へ向かう。荒れる木暮を、桂たちは温かな目で見守っていた。

　一方、豊島屋とお市たちの席は、微笑みが絶えなかった。これまた安価な素材を使った〝浅蜊雑炊〟を頬張り、そのふっくらした味わいに二人は舌鼓を打つ。

「浅蜊は蜆に比べ、下品な食べ物などと言われるが、失礼なことだな。前に食べた蜆の雑炊などより、ずっと味に深みがあって、食べ応えがあるわい」

「確かにそうかもしれませんが、こちらの板前さんが蜆雑炊を作れば、また違ったものが出来るかもしれませんよ。平凡な食材を使って、非凡な味に変えてしまうその腕前は、まさに手妻でいらっしゃる。浅蜊の旨みが溶け出た汁と、鰹出汁が相俟って、さっぱりしつつも濃厚で堪りません。たいへん勉強になります。今日お伺い出来てよかったです」

「ありがとうございます。板前も喜びますわ」

額に微かな汗を浮かべて雑炊を食べる貫壱を、お市は団扇で優しく扇ぐ。

飯粒一つ残さず平らげると、豊島屋は満足げに腹をさすって、切り出した。

「いやあ、どうだ貫壱？　こちらの板前の腕は確かだろう？　これなら安心してお願い出来るな。……実は今日はこちらの店に折り入って頼みたいことがあって、お伺いしたんだよ」

お市とお紋は背筋を正し、豊島屋に向かい合った。

「はい。どのようなことでしょう？」

「うむ。うちがもともと材木問屋なのは知っているだろうが、最近は手広く色々やっているんだ。それで今度は板元も手がけることにした。読本だの錦絵だので、当てようって訳だ。そこで手始めに、話題性を狙って、《美男番付》を発売しようと思ってるんだよ」

「《美男番付》って、そりゃまた面白いねえ」

「美女番付ではないんですね」

お紋とお市は目を丸くする。豊島屋は笑った。

「そうなんだ。美女番付ではありきたりだろう？　新しい商いを始めるには、ほかではやらないことをやらなければ、勢いに乗ることは出来ないからな」

豊島屋は得意げに顎髭をさする。成金の古狸といった体の豊島屋だが、その商いの才覚については、お紋とお市も一目置いていた。

豊島屋は続けた。

「それで、来月の半ばに《美男番付》を発売し、来月下旬の日本橋夏祭りで、番付に載った男たちを大々的にお披露目しようと計画しているんだ」

来月の水無月は陰暦六月の異称で、現代の七月にあたり、暦の上では夏である。大きな祭りである山王祭は水無月十五日に行われた。

豊島屋の話に、お紋が口を挟んだ。

「番付の発売時に売って、夏祭りの効果でまたさらに売る、って魂胆だね」

「いや、さすがに大女将。それを狙っているんだ。波が二度来て、上手い話だろう？　その上手い話を実現するため、夏祭りを〝旨い料理〟で盛り上げたいと思ってね。その祭りの時に、この貫壱と一緒に料理を作ってほしいんだよ、目九蔵さんに。対決……って訳ではないけれど、向かい合った屋台でそれぞれ腕を揮ってもらえれば、祭りもいっそう盛り上がると思うのだが、如何かな。もちろん食材諸々の費用はこちらで持つし、御礼も弾ませてもらうよ」

お市とお紋は顔を見合わせ、息をつく。この店のお客には、このように相談事を持ちかけてくる者が多いのだ。二人の顔色を窺いながら、貫壱が口を出した。

「今日、数々の料理をいただいて目九蔵さんがどれほどの腕前か、よく分かりました。私など足元にも及ばず、対決などまったく恐れ多いですが、是非、御一緒にお仕事させていただきたく思います。向かい合い、目九蔵さんの腕前をはっきりとこの目で確かめたいのです。後学のためにも」

「そういう訳だ。この件、どうか御一考くださらんか」

豊島屋と貫壱に丁寧に頭を下げられ、お市は恐縮する。貫壱を眺めつつ、お紋は思わず、今の話とはまったく関係のないことを訊ねた。

「でもさあ、貫壱さんも男前だよねえ。ちょいと妖しげな感じがしてさ。なに、貫壱さんは番付には載らないのかい？」

　貫壱は肩を竦めて答えた。

「いえいえ、私など、とても。それにもう三十七ですからね。出る幕ではありません」

「おや。ってことは、お市と同い歳か。おかみさんはいるよね、もちろん」

「いえ……今は独りです。妹と一緒に暮らしておりますよ」

「夏祭りでは妹さんに三味線を弾いてもらう予定なんだ。三味線の名手だからな、上手くて吃驚するよ」

「まあ、それは楽しみです」

　お市は豊島屋にも丁寧に酌をする。お紋は笑みを浮かべ、娘と貫壱を交互に眺めた。

「ふうん、今は独り者なんだね。でもさあ、貫壱さんぐらい物腰の柔らかな二枚目だったら、歳なんて関係なく番付に載っちゃいそうだけれどね。大関にだってなれそうだよ」

照れ臭そうな貫壱に代わって、豊島屋が苦笑いで答えた。

「いや、わしはこいつに勧めたんだよ。お前も番付に立候補してみないか、ってね。でも、嫌だ、の一点張りでね。こんな顔して、目立つのは勘弁なんだと。そういうところがまた、女を虜にするのかねえ」

《美男番付》には自薦他薦で数多くの応募があったらしく、もう、ほぼ決定しているという。お市は貫壱の端整な横顔を見つめ、思った。

――貫壱さんって、甘い面立ちの割に、男気があるのね。内面は硬派なんだわ、とても――

貫壱に、不意に亡夫の順也の面影が重なった。

――顔立ちなどは違うけれど、料理に対する真摯さや、なにより純粋なところが似ているわ。涼やかな目元も――

お市は背筋を伸ばし、豊島屋に答えた。

「かしこまりました。お祭りの件、板前とも相談しまして、必ず近いうちにお返事いたします」

豊島屋より先に、貫壱が礼儀正しく頭を下げた。

「ありがとうございます。目九蔵さんと御一緒出来ますこと、楽しみにしております」

「はい。そのお気持ち、板前にちゃんと伝えておきますね」

その時、お市の頰がほんのり色づいたことを、お紋は見逃さなかった。

少し離れた席では、木暮が酷い仏頂面で鰹の衣かけをむしゃむしゃと頰張っている。

「さっきから待ってんのに、まだ戻ってこねえのか！」

木暮は酒を大いに食らい、呂律が怪しくなっていた。

「美男だなんだっていうけどな、男ってのは顔じゃねえんだよ！　でっけえ懐なんだよ！　おい、桂、忠吾、坪八！　お前らもそう思うだろ？」

時折威嚇するかのように木暮は大声を上げるも、お市たちの耳にはまったく届いていないようだ。お市と貫壱を見やって悪態をつく木暮に、桂たちとお花は心の中で思う。

――なんて器が小さい男なのだろう――

しかし口には決して出さない。八つ当たりされると面倒だからだ。

木暮はお市が戻ってくるまで粘り、不機嫌なところを見せたが、お市に上目遣いで謝られると、怒りも忽ち萎んでいく。

「俺もキツいことは言いたくはないが、俺たちだってお客なんだから、公平に扱ってもらいてえんだよ」

「もちろんです。旦那たちをぞんざいになんて、するはずがないじゃないの。豊島屋さんには相談事を持ちかけられて、そのお話を伺っていたから時間がかかってしまったのよ。……本当にごめんなさいね、旦那」

お市のふっくらと白い手を肩に載せられ、木暮の頬が緩む。

「分かってくれればいいってことよ。これからは気をつけるんだぜ」

お市の手に自分のごつい手を重ね合わせ、木暮は鼻の下を伸ばす。

そこからは一気に機嫌がよくなり、店が閉まるまで呑み食いし、お市に甘えまくって帰っていった。


急に静まった店の中、お市は溜息をつく。皿を片付けながら、お花は笑った。

「木暮の旦那ってさあ、本当に面白いよね！　無邪気で単純で、子供みたいなところがあってさ」

「いい歳して、あれなんだからね。いつまでも洟垂(はなた)れ小僧のまんまだ、ありゃあ」

畳を乾拭きしながら、お紋も苦笑いだ。お市は座布団を整えた。

「旦那はそこがいいのだけれどね」

「でも、男としての魅力はイマイチなんだろ？　おっ母さんだってやっぱり、さっき来てた板前さんみたいな人のほうがいいんだろ？」

娘に本心を突かれたようで、お市は狼狽える。

「い、いやあね。そんなことないわよ。そりゃあ貫壱さんは真面目で素敵な方と思ったけれど」

「お市と貫壱さん、なかなか似合ってたよ。歳も一緒で、同じ独り身、名前にも同じ〝いち〟が入ってるしね」

「ホントだ！　なんだか偶然にしては……似通い過ぎだよね。仕事場も同じ料理屋だし」

お紋とお花はお市を眺め、にやりと笑う。黙ってしまったお市に向かって、二人は続けた。

「まあ、いいんじゃないの？　徐々に仲よくなっていけば」

「やっぱり料理屋の女将には、板前さんみたいな人のほうが合ってるんだよ。あたいも応援する！」

母と娘、両方からせっつかれ、お市の頬に血がのぼる。話を遮るように、お市はすっと立ち上がった。

「夏祭りの件、目九蔵さんに相談してみるわ」

板場へと向かうお市の後ろ姿を眺めつつ、お紋とお花はにやける。

呑み過ぎたせいか、お市は今宵、なんだかやけに火照っていた。目九蔵に夏祭りの件を話してみると、快く承諾してくれたので、お市は安堵した。

「食材は自由に選んでよいのですって」

「そうですか。なら、魚は〝鰯〟でいきましょか」

「目九蔵さん、最近、鰯のお料理に凝ってるものね」

「へえ。安くて旨くて、あないによい魚、そうそうありまへんわ。下魚なんて言われて可哀そうやさかい、是非お祭りの機会に皆はんに美味しく食べてもらって、そのような偏見なくしたいですわ」

二人が話していると、お紋とお花もやってきた。

「目九蔵さんは、食材に対する愛情が深いもんね」

「鰯への愛情で、是非、人気魚にしてあげてよ」

お花とお紋に励まされ、目九蔵は頷く。お市は微笑んだ。

「お祭りで好評だったお料理は、お店でも出しましょうよ。鰯なら、貫壱さんとも被(かぶ)らないし」

「貫壱はんは何をお使いになりはるんでしょ」

「〝烏賊(いか)〟と〝鱒(ます)〟って仰っていたわ」

　お花は目を丸くした。

「烏賊は分かるとして、お祭りに鱒の料理を出すって、ずいぶん目新しいね」

「そうなんだよ、私もそれ聞いて吃驚したさ。でも、その目新しさが彼らの意向なんだよ、きっと。なんてったって、目新しい《美男番付》のお披露目なんだからさ」

　お紋が言うと、目九蔵は腕を組んだ。

「もしや〝鱒〟いうのは〝益荒男(ますらお)〟にかけてるんちゃいますかな？　立派な男、美男、ちゅうことで」

　はないちもんめたちは顔を見合わせる。

「ああ、そうかも！　〝鱒〟は〝益荒男〟に繋(つな)がってるってことね、さすが目九蔵さんだわ！」

「なるほど、そうくるのか。でもうちはうちで、鰯でいいよね！　益荒男(ますらお)でなく、弱々しい魚かもしれないけれど、目九蔵さんの手にかかれば舌にも胃ノ腑にも、がつんとくる味になるもの」

「そうさ！　小さいけれど旨みたっぷりの鰯で、夏祭りを盛り上げよう。期待してるよ、目九蔵さん！」

「私たちもお手伝いするから、なんでも言ってね」

「へえ、お願いします。頑張りますわ」

いつものように照れた笑みを浮かべながら、目九蔵もやる気を見せた。

ちなみに目九蔵は六十三歳で、京の出である。お市の夫だった順也が労咳で亡くなった九年前に、〈はないちもんめ〉に入った。

創業者でありお紋の夫だった多喜三は既に亡くなっているが、その後も皆で力を合わせて店を守り立て、〈はないちもんめ〉は今年で創業二十七年になる。

二

眩しい日差しの中、お花は往来に立って引き札を配る。健やかそうな麦藁色の肌に真っ青な単衣を纏ったお花は、陸で元気に飛び跳ねる魚のようにも見えた。

「さあさあ皆さん、寄ってらっしゃい！　旨くて安い、旨安御飯の〈はないちもんめ〉だよ！　栄養たっぷり旨安御飯を食べれば元気いっぱい、不景気なんか吹き飛ばそう！」

　旨くて安い、の文句につられ、老いも若きも男も女も集まってくる。

「おっ、姉ちゃん、今日も頑張ってるね！　へえ、鰯や鮪の料理を食わせてくれんのか。下魚でもおたくの板前が料理すると旨くなるもんなあ」

「昼餉は、鰯か鮪の料理に御飯とお味噌汁もついて二十文（一両を十万と計算した場合、約三百円）なの？　今から行こうかしら」

「二八蕎麦じゃ小腹しか満たされねえけど、〈はないちもんめ〉の飯は食べ応えあるもんなあ。おい、皆で食いにいこうぜ」

「ありがとうございます！　この引き札を店の者に渡してもらえば、おまけで漬物も出ますので。もちろんお代はそのままで！」

「嬉しいねえ。そういうちょっとした心遣いが、お客をまた増やすのよ！」

　皆、お花から引っ手繰るように引き札を受け取り、笑顔で〈はないちもんめ〉へと向かっていく。お花はあっという間に引き札を配り終え、額の汗を腕で拭った。

「ああ、暑いっ」

お花が一休みしていると、化粧の匂いをぷんぷんさせた女が近づいてきて、意地悪な笑みを浮かべた。相変わらず歳不相応な桃色の着物を纏った、お淀である。

「おたくもたいへんねえ。安い、を売り物にしなくちゃやっていけないなんて。客層が窺われるわ。旨安、旨安、って往来で大きな声で何度も繰り返して。みっともないこと。みすぼらしいったらありゃしない」

ふふんと得意げに鼻を鳴らすお淀を眺め、お花はますます暑苦しくなる。

——何言ってんだ、厚化粧の女狐め——

お花は心の中で悪態をつくも、笑顔で返した。

「うちの心配なさるより、御自分のお店の心配なさったらどうですか？　この頃おたく、お客さんがめっきり減って暇だってお聞きしましたけれど。おたくからうちの店に戻っていらしたお客さんに」

するとお淀の顔はみるみる強張り、青くなったかと思うと真っ赤になって、その忙しなさにお花は目を瞠る。

お淀が「きいっ」と叫んでお花に摑みかかろうとした、その時だ。

どこからか女たちの群れが押し寄せてきて、お花は素早く身をかわしたが、お淀はその勢いに突き飛ばされて往来に転がった。

「早く並ばなくちゃ！　今日が《美男番付》の発売日なんだから！」

「楽しみにしてたのよお」

「誰が大関になったのかしらあ！」

女たちは口々に叫びながら、一目散に駆けていく。どうやら豊島屋が売り出す《美男番付》目当てに、絵草紙屋へ向かっているらしい。

お花は女たちの後ろ姿を暫し茫然と眺めていたが、我に返ると、お淀が着物についた泥を叩きながら自分を睨んでいることに気づいた。

「顔にも泥がついてますよ」

お花が注意してあげると、お淀はますます目を吊り上げた。

「覚えてなさいよっ！」

悔しそうに言い放つと、お淀はぷいっとお花に背を向け、足早に去る。その桃色の後ろ姿はなんだかよれよれで、お花は溜息をついた。

すると……地響きがして、再び女たちの群れが駆けてきた。彼女らも《美男番付》を買うのに急いでいるようだ。

お花は息を吸い込み、お腹に力を入れて、ここぞとばかりに大きな声を出した。

「旨くて安い、旨安御飯の〈はないちもんめ〉だよ！　いっぱい走ってお腹が空いたら、寄ってってね！」

女たちはよそ見もせずに走り過ぎるも、最後尾の一人がちょいと振り返り、声を上げた。

「後で行くね！」

「待ってるね！」

お花が満面の笑みで叫ぶと、女たちは急ぎつつも手を振ってくれる。

お花は空を見上げ、眩しい日差しを浴びながら、思い切り伸びをした。もう、梅雨は明けたようだ。

夏祭りに先駆けて発売された《美男番付》は、大評判となった。

初めての試みということもあり、東西には分けず、大関・関脇・小結までが入賞者で賞金が与えられた。四位の前頭も発表したが、賞金は出ないという。結果としては、こうだった。

大関は、米問屋〈藤浪屋〉の手代、光一郎。二十四歳。

関脇は、講談師の橋野川金彌。二十五歳。

小結は、経師屋の時次。二十二歳。

前頭は、鳶職の音松。十九歳。

夏祭りではこの四名がお披露目され、踊りも見せるということだ。不景気でも《美男番付》は目新しさもあって大いに売れ、笑いが止まらぬ豊島屋だった。


水無月も半ばを過ぎ、暑さがいっそう増してくる。〈はないちもんめ〉はうろうろ舟に弁当の仕出しもしているので、この時季、目九蔵は特に忙しい。うろうろ舟とは、川開きした大川で、納涼船の間を漕ぎ回って食べ物や飲み物を売る舟のことだ。

お紋の旧知の茂平という男が夏になるとうろうろ舟で稼ぐので、その手伝いをしているという訳だ。茂平は普段は麻布狸穴で百姓をしており、夏の間は倅夫婦に畑仕事を任せ、こちらに独りで出稼ぎにくる。

茂平は売り上げの分け前はもちろん、畑で穫れた山芋や夏大根なども譲ってくれるので、はないちもんめたちはありがたく思っていた。特に、大根はこの時季なかなか手に入らないので、貴重だった。

夜、〈はないちもんめ〉を訪れた木暮たちも〝鰯と大根の味噌煮〟に舌鼓を打った。

「いやあ、冷えた煮物ってのは、味が一段と染みて、いいもんだなあ。みずみずしい大根に鰯の脂が滲んで、味噌が絡まって、絶品だ」

「コクがありますねえ。この時季、鰯は脂が乗っていますものね。大根との煮物というと鰤が浮かびますが、鰯もとてもよい」

「この味、堪らんですわ。この旨さでこの値段なら、あっし、毎日でも食いたいですぜ」

「わて、御飯とこれだけで、もうじゅうぶんでんがな。魚と野菜、味噌がいっぺんに摂れて、めちゃ贅沢ですわ。生姜がよう利いてて、ほんまに旨いですわ」

〝鰯と大根の味噌煮〟は、どこか懐かしくコクのある味で、男たちの胃ノ腑をしっかり摑んでしまったようだ。

「暑い時には冷ました煮物も乙なものでしょう？　この一品、昼餉の刻にもお出ししていますが、とても評判がいいんですよ」

お市は団扇で男たちを扇ぎながら、しっとりと微笑む。木暮は唸った。

「よくこんな絶妙な味が出せるよな。酒にも飯にも最高だぜ、こりゃ」

「作り方はまったく難しくないんですよ。鰯の腸を取り除いて、銀杏切りにした大根、千切りにした生姜と一緒に、酒と味醂と醤油と味噌、お水で煮つければいいのですもの。板前は酒に、赤紫蘇酒を使っておりますの」

「うむ。だから一味違うのかもしれねえな」

「料理というのは、そのような一手間、ちょっとした工夫で、ぐっと違ってくるようですね」

　桂の言葉に、男たちは大きく頷く。

　目九蔵は鰯の腸を丁寧に取り除いているが、現代ならば、保存の利く鰯の缶詰を使えば手軽に作ることが出来る。便利かつ美味なる一品だ。

「こんな不景気なのにこの店が変わらず賑わっているのは、こういう気遣いなんだろうなあ。無理せず気さくに通える店ってのは、ありがてえもんな」

　木暮は酒を啜り、店を眺め回してしみじみと言う。お市は微笑んだ。

「大根は茂平さんからの戴き物ですし、鰯も大女将の伝手で本当に安く手に入るので、お代金を抑えてもやっていけるんです。商いをしていると、他人様との繋がりってまことに大切だと、痛感させられます。……あら、ありがとうございます」

木暮に酌をされ、お市はきゅっと呑み、頬を仄かに色づかせる。すると戸ががらがらと開き、華やかな女たちが入ってきた。これまた常連の、お蘭とお陽である。

「あら、満席かしら」

「あっ、木暮の旦那方がいるじゃない！　なら大丈夫よお。ねえ旦那ぁ、わちきたちもそっちいっていいでしょう？」

美貌のお蘭にねだられ、木暮はちょいと眉を搔く。

「おう、いいぜ。一緒に呑もうや！」

「さすが旦那ぁ！　そうこなくっちゃ」

お蘭とお陽はいそいそと、木暮たちの席に上がり込む。

お蘭は深川遊女あがりの妖艶な三十歳。日本橋の呉服問屋の大旦那である笹野屋宗左衛門に身請けされて、妾暮らしを悠々と楽しんでいる。衰えを知らぬ美貌と色香が仇となり、お紋やお花に時折ちくりと嫌味を言われても、それを物ともしない天晴れな女だ。

お陽は深川芸者あがりの二十九歳で、お蘭とは深川時代からの仲である。木暮の計らいでお陽も深川からあがり、得手の三味線の腕を生かして、もうすぐ常磐津の師匠として看板を掲げることが出来そうだ。

お蘭は名前の如く蘭のような華やかさ、お陽は菖蒲のような麗しさを湛えている。

お紋が料理と酒を運んできて、お蘭とお陽は木暮たちと盃を合わせた。

「暑い時に冷酒をきゅっとやると、生き返るわあ」

美女二人はほぅと息をつき、お紋に出された料理に目を瞬かせる。

「〝炙り鮪の山かけ〟だよ。召し上がってみてよ」

「赤い鮪に真っ白な山芋がかかって、見た目もいいじゃないの！　上にちょこんと、千切りにした海苔が載っかってるのも」

「擂り卸した山芋のこの白さが、涼しげでいいですね。雪を思い起こさせて」

お蘭とお陽は早速箸をつけ、とろとろの山芋が絡んだ炙り鮪を頬張り、目を潤ませる。

「山葵とお醬油が利いているわあ。鮪を炙ると適度に脂が落ちて、さっぱりと粋な味になるのよねえ」

「海苔がまたいい味出してますね。鮪と山芋と海苔が合わさると、無敵です」

美女たちの食べっぷりを見て、木暮たちも喉を鳴らして箸を伸ばす。

「これはまた……炙った鮪の適度な弾力と、蕩ける山芋。舌も喜ぶぜ」

「酒が進んでしまいますね。鰯といい鮪といい、下魚などと呼ばれるのが失礼な旨さです」

「決めつけはよくないってことですぜ。自分の舌で確かめてみねえと」

「それは探索にも通じますな。自分の足で歩いて、目と耳で確かめんと、真実を取り逃がしてしまいますさかいに」

話を弾ませながらも、皆、〝炙り鮪の山かけ〟を熱心に味わう。

ちなみにこの時代、鮪は猫も食べぬ〝猫またぎ〟と呼ばれ、価格も安く、倹約に使われる食材の一つだった。

「わちき、こちらのお店に来るようになって、鮪の美味しさに目覚めたのお。目九蔵さんに感謝してるわあ」

「あちきもそうです。こちらは色々なものを出してくださるから、嬉しくて」

「確かにちょいと珍しいようなものを出してくれるよな」

木暮が相槌を打つ。するとお紋がまた次の料理を運んできた。

「〝玉蜀黍の醤油焼き〟だよ。玉蜀黍を茹でて包丁で粒を外して、醤油で味付けしながら焼いただけなんだけれど、これ癖になるよお」

焼いた玉蜀黍の芳ばしい匂いに、皆、ごくりと喉を鳴らす。小鉢に入った、黄金色に輝く玉蜀黍を匙で掬い、頰張る。小さな粒々を嚙み締めると、甘やかな旨みが口の中に広がる。一同は目を細め、恍惚とした笑みを浮かべた。

「自然の恵みっていうような味だな、こりゃ」

「美味しいわあ。まさに癖になりそうだわあ。夏の味ねえ」

「丁寧に一粒一粒を外してくれているので、食べやすいですしね。これを飯にかけても旨いでしょう」

「屋台で売ってる、かぶりつくような玉蜀黍とはまた一味違いやす。一粒一粒に、味がいきわたってやすぜ」

「そうなんですよ、かぶりつく玉蜀黍だと、女は食べ難いんです。特に人前では。でもこうして出してくださると、心置きなく頰張れます」

「素朴でいながら、なんとも上品な味わいでんなあ。さすが目九蔵はんや！」

皆、笑顔であっという間に食べ終えてしまい、酒を啜った。

「そろそろ御飯ものが食べたいわあ。鰯で何か作ってもらえないかしらあ」

お蘭の言葉に木暮たちも同意する。〆の料理を待つ間、話は《美男番付》に及んだ。〈はないちもんめ〉でも、この頃はその話で持ち切りなのだ。

「お披露目のお祭り、わちきたちも行くわ！　なんだかんだ楽しみ」

お蘭とお陽ははしゃぐも、木暮をはじめ男たちは気がなさそうだ。

「美男ねえ……。お蘭さん、そんなに浮かれちまって、いいのかい？　日本橋の祭りなら、またお前さんの旦那の、笹野屋が噛んでるんじゃねえのか？　男の嫉妬ってのも怖えもんだぜ」

木暮は耳毛を引っこ抜いて、ふっと息を吹きかけて飛ばす。お蘭は顔を顰めて、手で払った。

「旦那って、ホント、そういうところがおっちゃんねえ！……そうよ、旦那様ももちろん力添えしているけれど、主催は豊島屋よ。お祭りは人が集まったほうがいいんだから、わちきたちが行ったって、旦那様は目くじら立てたりしないわよお。それにわちきの旦那様は、そんなお尻の穴が小さい男ではないのよ。誰かさんと違ってねえ」

お蘭は足をそっと崩し、木暮を流し目で見やる。木暮は不貞腐れた。

「けっ、俺のケツの穴が小さいみたいな言い方じゃねえか」

「それはそれで……いいと思いやすが」

長い睫毛を瞬かせる忠吾に、木暮はいっそう仏頂面になる。お市は微笑みながら、木暮に酌をした。

「豊島屋さんが仰ってたけれど、町を活気づかせよう、不景気が続いているから明るくしよう、という思惑もあるようよ。うちも力添えする屋台の料理だって、無料ではないけれど、定価の三分の一ぐらいで提供するの。集まった人たちに、美味しいものを安い値段で、たっぷり食べてもらえるように。豊島屋さんたちの計らいで、私たちは損しないようになっているけれど」

「そうそう、女将さんや目九蔵さんたちもお手伝いするんですってね！　旦那様から聞いたわあ」

「暑い時ですけれど、頑張ってくださいね。お料理、あちきたちも楽しみにしてます」

お市はお蘭とお陽にも、微笑みながら酌をする。

「ありがとうございます。板前も張り切っていますので」

「対決、って訳じゃないけれど、豊島屋さんのほうも板前を連れてくるみたいねえ。その人もなかなかの二枚目だって、旦那様が言ってたわあ」

「ええ……この前、その方をこちらにも連れていらっしゃいましたわ。貫壱さん、と仰る方」

お市の白い頬に薄らと血がのぼったのを、木暮は見逃さなかった。その時、お紋が〆の料理を持ってきた。

「お待たせしました。〝鰯納豆御飯〟だよ。鰯と納豆と分葱の絶妙な口当たり、とくと御賞味あれ」

木暮たちは丼を摑み、早速頰張る。ゆっくりと嚙み締め、皆、目尻を垂らした。

「ほろほろになるまで甘辛く煮た鰯とよ」

「粘り気のある小粒の納豆が白い御飯に絡んで」

「分葱の味わいがますます食欲を誘って」

「それに刻んだ海苔がたっぷりとかかっていやして」

「嚙み締めると、それらが口の中で蕩け合って、うっとりするわあ。鰯と納豆ってこんなに合うのねえ」

「極楽の味わいですわ、ほんま！」

梅酒と醬油で軟らかく煮た鰯とその煮汁、よく混ぜた納豆を御飯にかけて、刻んだ分葱と海苔を散らしただけの丼飯だが、堪らぬ美味のようで、皆言葉も忘れて搔っ込む。お市とお紋は微笑んだ。

「お汁の量は皆様のお好みに合わせて、旦那は〝汁だく〟、桂様は少なめの〝汁つる〟、忠吾さんはさらに多めの〝汁だくだく〟、坪八さんはさらに少なめの〝汁ちょろ〟にさせていただきました。お蘭さんとお陽さんは、〝汁並〟で」

「さすが分かってくれてるぜ。この汁、旨えなあ。鰯を煮る時、生姜と大蒜も使ってるだろ？」

「はい。その二つと梅酒と醬油で軟らかく煮ております」

「この汁がかかっていると、納豆が苦手な人でも美味しく食べちゃうと思うわあ。納豆の臭みが消えてるもの」

「本当に絶品ですね。あちきも作ってみたいです。こんなに上手に出来ないでしょうが」

お蘭とお陽も感心しつつ箸が止まらない。

「こんなに旨いと、嚙み締めるより先に吞みこんじまいますぜ」

忠吾はがつがつと貪り、坪八も出っ歯を剝き出しに食らいつく。

「鰯、凄い魚でんがな！　大根にも葱にもよう合いまんがな！　納豆苦手なわてでも、鰯の旨みたっぷりの汁のおかげで、止まりませんわ！」

木暮以下、ひとまず行儀を忘れ、夢中で貪り、ぺろりと丼飯を平らげてしまった。

「ああ、大満足だわあ！　こんなに美味しくてたっぷり食べられて、お安いなんてどういうこと？　もうほかのお店に行けないじゃない！」

「お魚とお野菜をしっかりいただけて、お肌も心なしか艶やかになったように感じます。〈はないちもんめ〉さんのお料理は、女人の味方ですね」

お蘭とお陽は恍惚の笑みを浮かべて、お腹をさする。お市はにっこりした。

「嬉しいですわ、そう仰っていただけて」

「女だけではねえよ。ここの料理は男の味方でもあるぜ。精力がつくからよ」

楊枝を銜えながら木暮が口を挟むと、男たちは大きく頷いた。

「やる気が漲って参りますよね、確かに」

「いつも励ましてもらってますぜ」

「少々落ち込んだことがあっても、旨いもん食うと、また明日から頑張ろうって思えますさかい。あ……わてが単純だからやろか？」

頭を掻く坪八に、お蘭が徳利を摑んで酌をする。

「あらあ、わちきだって同じよお！　ここにいる人たちは皆、そうだと思うわあ」

「おう、どいつもこいつも単純だからな！　だからこそ、この店がお気に入りって訳だ」

「旦那……なんだかちょっと余計だよ」

お紋が軽く木暮を睨むと、笑いが起きた。

その後は、皆、まったりと酒を楽しんだ。店も終い近くになって、ほかのお客たちを送り出したお花がやって来ると、話は《世直し人》たちのことに及んだ。

世直し人とは、昨年末に現れた、法で裁けぬ悪人どもを懲らしめる正義の者たちである。だが、その正体はまだ摑めていなかった。

世直し人たちは暫く静かだったが、五日ほど前にまたも現れ、江戸の町を騒然とさせたのだ。

「あれも痛快だったわねえ。噂を聞いて、旦那様と大笑いしたのよお。某藩の大名の奥方様が、川べりの木に吊るされてたんだものねえ」

「それも髷に藤の切り枝を何本も突き立てられて。襦袢一枚の姿だったんでしょう？　不謹慎ですがあちきも笑ってしまいました」

お蘭とお陽は無邪気なものだが、木暮たちは苦笑いだ。

「大名の奥方様ってことで、奉行所の上役たちはぴりぴりして凄かったけれどな。とうとう、世直し人たちを捕まえろ、って怒り出しちまってな」

「藩の名など、具体的なことが漏れるのを防ぐのに尽力しましたからね。……まあ、あの奥方様も奥方様で、世直し人たちが動いたのも仕方がないという向きもありますが」

　桂に酌をしながら、お花が訊ねた。

「奉行所は隠したいようだけれど、どこの藩か、皆薄々気づいているみたいだね。その藩の領地がこのところ凶作続きなのに、重たい年貢をかけられて、それを苦に自害したり、逃げ出したりする領民が後を絶たないって聞いたけれど」

「でもお殿様はさすがに反省して、家臣たちと一緒に、徴税を見直したり、勘定方を立て直そうと躍起になっていたって話よお。それなのに奥方様は取り巻きたちを引き連れて、連日連夜、藤見だ、芝居だ、花火見物だ、と遊び歩いていたっていうじゃない！　この頃の不景気にも拘わらず！　領民だけでなく、この江戸の人たちにも鼻つまみ者だったたっていえば……誰かは薄々分かるわよお」

「奥方様がそれでは示しがつかなくて、家臣たちは、領民たちがどういう状況に置かれているか、苦言を呈したといいますよね。すると奥方様はこう言い放ったとか。『あら、お米が食べられなければ、お餅を食べればいいじゃない』。……私、その話を聞いた時、絶句してしまいました」

お蘭とお陽は顔を見合わせ、頷き合う。木暮と桂は溜息をついた。

「こういう、庶民の気持ちを逆撫でするような話ってのは、いくら押しとどめようとしても広まっちまうもんだな。江戸でも嫌われ、領地では領民たちが怒り心頭。そして世直し人たちの出番と相成った訳だ」

「髷に藤の切り枝を挿され、襦袢一枚の哀れな姿で木に吊るされ、股間の辺りにつけられた貼り紙には深紅の文字でこう書かれていましたからね。

《数々の節操のない行い、申し訳ございませんでした。反省し、慎みますので、愚かな私をお許しください》と」

「あまりの辱めに、奥方様は半狂乱になって倒れた後、床に臥したままだっていいますぜ。ひとまずおとなしくなってくれたので、お殿様や家臣たちは安心したそうですが」

「実は世直し人たちに頼んだのは、家臣だったたって説もありまっせ！」

店に残っているのはいつものこの顔ぶれだけなので、危ない話も声を潜めずに出来る。

お蘭とお陽は好奇心を抑えきれず、目を潤ませて酒を啜った。

「なるほどねえ、世直し人たちって本当にいい仕事をするわあ！　旦那ぁ、お願い、正体が知れても、世直し人たちを捕まえないであげて！　そう思っている人が殆どよお」

「あちきからもお願いします。奥方様の素行、本当に酷いものだったっていいますもの。取り巻きだって腰元のほかに、若い男たちがたくさんいたとか。それも家臣には見えず、役者みたいな者たちだったっていうじゃありませんか。大名の奥方様としての自覚が足りな過ぎるように思います」

「そうよお。わちきたちみたいな深川あがりの女から見ても、立場を弁えずにふしだらだと思うわあ。それにしてもどこで見つけたのかしら、そういう若者たち。役者買いかしらあ？　領地で暴動でも起きそうな時に、藩主の奥方様がそんなことしてたら、家臣たちだって黙ってないわよねえ」

お紋も酒を啜りつつ、口を挟んだ。

「領民ってのはたいへんだよねえ。江戸の町人の我々にかかる冥加金ってのは、それに比べりゃ楽なもんだもんねえ。その点、ありがたいと思っているよ」

「本当に。でも不景気になれば打撃を受けるのは、私たちだって同じよね」

団扇で皆に風を送りながら、お市が言う。お花も口を出した。

「世直し人たちがしていることについては色々な意見があるだろうけれど、その志は、あたいはいいと思う。これで奥方様が本当に反省して、領民のことを少しでも考えるようになってくれれば、世の中がよくなるんだもん」

「それで救われる者たちが出てくるってことだものな。まさに、世直しだ」

木暮の言葉に皆は頷き、盃を重ね合う。

誰もが分かっているのだ。世の中を真に変えることなど、本当は出来ないということを。それでもささやかな厚意の積み重ねによって、周りの人たちを幸せにすることは出来るかもしれないという期待は、決して捨ててはいない。小さな幸せが広がって、大きな幸せとなり、それが世の平和に繫がるのではないかと。はないちもんめたちは、そのような期待を胸に、この店を営んでいるのだから。

木暮たちが帰ると、お花は目九蔵に話しかけた。

「ねえ、目九蔵さん。〝鰯と大根の味噌煮〟から思いついたんだけれど、〝鰯と大根の炊き込み御飯〟ってどうだろう。美味しいかな」

「へえ、それは旨いと思いますわ。明日にでも作ってみましょか」

お花に料理について提案され、目九蔵は嬉しそうに目を細める。

「そうだよね、美味しそうだよね！　それでさ……その作り方、今度教えてくれないかな。目九蔵さん毎日忙しいから、すぐでなくていいんだ。手が空いた時で。あたい、どうしてもその料理を作ってみたくて。……お願い出来るかな」

「へえ、それは頼もしいでんな！　もちろんお教えします。最高に旨い〝鰯と大根の炊き込み御飯〟の作り方、考えておきますわ」

「ありがとう！　楽しみにしてます、目九蔵先生」

お花に頭を下げられ、目九蔵は慌てる。

「そ、そんな。お花はんに先生なんて呼ばれると、調子狂いますがな。いつもどおりに呼んでください。お花はんに料理をお教え出来るなんて、こちらこそ光栄ですわ」

まだ料理の匂いが残る板場の中、目九蔵とお花は微笑み合った。

お花は〝鰯と大根の炊き込み御飯〟を、幽斎に食べてもらいたかったのだ。

邑山幽斎とは薬研堀に自宅兼占い処を構える、三十二歳の人気占い師である。

幽斎はお花の憧れの男で、以前からその占い処に通っていた。そして事件の相談などをしているうちにぐっと親しくなり、この頃では本を貸してもらうような師弟の如き仲である。

いつもお花が幽斎のもとへ会いにいっているのだが、先日幽斎にこんなことを言われたのだ。

——少し涼しくなったら、お店にお伺いしたいのですが、よろしいですか。

お花は嬉しさのあまり、顔を紅潮させて答えた。

——是非いらしてください！

そしてお花は考えたのだ。幽斎に、自分が作った料理を、食べてもらいたいと。

以前、安永二年（一七七三）刊の『料理伊呂波包丁』を幽斎から借りたことがある。

——これにとても美味しそうな大根飯の作り方が載っているんですよ。思わず食べたくなるような。

夥しい数の書物の中から一冊を抜き取った幽斎は、お花に手渡しながら、そう言って微笑んだのだった。

——あたし、美味しい大根飯を作れるように練習しますんで、いつか食べにいらしてください。

ついに、その約束を果たす時がやってきたのだと、お花は思った。しかし、大根飯だと、どうしても味気ない。その味気なさが素朴でいいのかもしれないが、幽斎に初めて食べてもらうのならば、やはりもう少々手の込んだものにしたい。女心を揺らしながら、お花が思いついたのが〝鰯と大根の炊き込み御飯〟だったのだ。

——鰯を合わせれば味が濃厚になって、幽斎さんも満足してくれるだろうな。鰯と大根の煮物があれほど評判いいんだもん、炊き込み御飯にして美味しくない訳がない——

お花は自分が納得ゆく味に到達するまで、何度でも練習するつもりだった。幽斎に味わって喜んでもらうために。

板前の貫壱に出会ってから、お市の様子がどことなくおかしい。妙にウキウキしているかと思えば、切なげな表情で物思いに耽ったり。そんなお市を見て、娘のお花も思う。

——おっ母さん、なんだか綺麗になったたな——

お花がもっと幼ければ複雑な心持ちになっただろうが、母親の女の面を垣間見ても、もはやお好きにどうぞとしか思わなかった。

そんな折、〈はないちもんめ〉に豊島屋が一人で訪れた。めっきり色香が増したお市に酌をされ、豊島屋は顔を赤らめ嬉々とした。

「やはりここの料理は堪らんな！　夏祭りでも皆喜んでくれるだろう。楽しみだ」

豊島屋は〝柳川丼〟に舌鼓を打つ。生きたままの泥鰌を酒で煮て、ささがきにした牛蒡を加えて味付けしながら卵で綴じ、御飯に載せ、刻んだ分葱を振りかけたものだ。

お市は団扇で豊島屋に風を送りつつ、微笑んだ。

「お気に召していただけて、よかったです。豊島屋様にはもっと上魚をお出しするべきとも思ったのですが、本日残っておりますのが泥鰌ぐらいになってしまいましたので。その代わりと言ってはなんですが、卵を使わせていただきました」

ちなみにこの時代、泥鰌も下魚の扱いだった。卵は一つ二十文（約三百円）することもあったので、当時は高価な品であった。

「生きたまま煮ると聞くと、泥鰌の命をそのまま頂戴しているような気持ちになるな。ふっくら身が詰まった泥鰌はもちろん、軟らかく煮えた牛蒡も旨い！　タレが滲んで、卵と絡まり合って、舌の上で蕩けるわ。飯とよく合う味だ。止まらん」

　豊島屋は丼を摑んで、勢いよく掻っ込む。近くを通ったお紋が声をかけた。

「鰻もいいけれど、泥鰌もたまにはよろしいでしょう？」

　口いっぱいに頰張った飯を嚙み締めながら、豊島屋は笑顔で大きく頷いた。

　大盛りの丼飯を食べ終え、豊島屋は満足げに酒を啜った。

「わしは米を食った後は酒をあまり呑めなくなるのだが、今宵は違うな。泥鰌の味がまだ残っているせいだろうか。飯にも酒にもよく合う味だ、柳川というのは」

「皆さんそう仰います。コクのある甘辛さ、濃い味だからかしら」

「祭りで出してもいいのではないかな」

「板前に申しておきますわ。……でも、やはり鰯のみでいくと思いますけれど」

　などと話しつつ、豊島屋はお市の顔色を窺った。

「板前対決、楽しみだが……貫壱を女将に紹介するんじゃなかったかなあ」

　お市は動揺を隠しながら、さりげなく訊き返す。

「どうしてそのようなことを仰いますの」

「いや……なんだか二人がいい仲になってしまいそうな、そんな気がしたのでね」

「そんな御心配は、御無用ですわ。それに貫壱さんには素敵な方がいらっしゃるのでは？」

「どうかなあ。あいつ、ああ見えて結構堅い男だからなあ」

お市は微かな笑みを漏らす。行灯の仄明かりに照らされたお市には妖しい影が差していて、豊島屋は思わず見惚れた。

店を終うと、お市はお紋とお花にからかわれた。

「どうやら、これは恋だね」

「相手はもちろん、豊島屋の翁ではなく、貫壱の兄いだ！」

お紋とお花はにやにやしながら、お市の顔を覗き込む。

「い、いやあね！　そんなんじゃないわよ」

「ムキになったりして、ますます怪しいよお！」

「遠慮せずに、仲良くなっちまいなよ、おっ母さん！　あたいたちも応援するって言ってんだからさ」

「もう、なによ。好き勝手なこと言って」

お市は頬を膨らませ、二人を睨む。でも、こんなふうにからかわれることが、お市は心のどこかで嬉しいのだった。

お市は正直、貫壱にときめいていた。男に対してこんなときめきを感じるのは、段士郎との一件以来だった。

お市が旅役者だった段士郎と関係を持ったのは、四年以上も前のことだ。それは一夜だけの契りで、必ずまた江戸に戻ってくるという段士郎の言葉を信じて、長らく待っていた。しかし、なかなか現れてはくれず、いつしか忘れかけていたのだ。

端整な二枚目である貫壱は、親分肌の段士郎とはまた違った類の男だが、どこか妖しさのあるところが似通っていると、お市は思う。

——貫壱さんみたいな人を本気で好いてしまったら、弄ばれて、また痛い思いをするのかしら。でも……貫壱さんの評判を聞くと、見た目の割に、しごく真面目そうなのよね。礼儀正しいし、優しいし。人間、見た目では分からないってことかしら、やはり——

夜、部屋で一人になったお市は、窓を開けて夏の夜風に吹かれながら、思いを巡らせる。そっと目を閉じると、貫壱の笑顔が浮かんで、お市はうっとりとした。

お市の微妙な変化に気づいていたのは、木暮もまた同じで、密かに心を痛めていた。むさ苦しい木暮だが、実は結構繊細なのだ。

かんかん照りの日差しの中、木暮が浮かない顔で市中見廻りをしていると、懇意の瓦版屋である井出屋留吉に声をかけられた。この留吉、強面だが情に厚い、なかなかの男前だ。

「旦那、お疲れさまです!……どうしました?　さすがの旦那も、この暑さでバテ気味ですか?」

「うむ。元気なさそうに見えるか」

「へい。元気いっぱい爽やか潑剌!……って感じには到底見えませんや」

「淀んでいるのか、俺は」

「へい。まるで、どぶのように」

木暮は留吉をぎろりと睨み、凄んだ。

「殴るぜ、てめえ!」

「へい、言い過ぎやした」

留吉は素直に謝り、お詫(わ)びにと、瓦版を無料で木暮に差し出す。それに目を通しながら顎をさする木暮に、留吉は耳打ちした。

「あの豊島屋が作った《美男番付》、大売れしているそうですが、あんまり当てになりませんぜ。大関から小結までの三人なんて、金を幾らか払って上位に入れてもらったって話ですから」

　木暮は瓦版から目を離し、留吉を見やった。

「それは本当か？」

「へい、裏は取れてます。まだ書き立てませんがね。大関になった光一郎の場合は、奴が奉公する米問屋の〈藤浪屋〉が払ったっていいますぜ。まあ、番付の大関になった男が自分の店にいるといえば箔(はく)がつきますし、話題にもなりますからね。ますます繁盛すると計算したんでしょう。多くの米問屋同様、〈藤浪屋〉は精米して売る舂米屋(つきごめや)も営んでますから、そこに光一郎を置いたら、目論(もくろ)みどおり客が押しかけているといいますぜ。握らせた袖の下なんてすっかり回収しちまったでしょうな」

「そんなからくりがあったのか。つまりは番付を金子(きんす)で買ったってことか」

　目を剝く木暮に、留吉は頷いた。

「賞金を払うって建前で、それ以上の袖の下をもらっているって訳ですよ、豊島屋は。まあ、それでも番付に輝いた連中は、それぞれ得はしたに違いありません。光一郎は、〈藤浪屋〉の娘との縁談が持ち上がって、入り婿になるのではないかと言われています。講談師の橋野川金彌も、その高座は連日連夜、押すな押すなの大盛況。経師屋の時次も、あちらこちらから引っ張りだこで、旗本や大名家にも呼ばれて、そのうちどこぞのお抱えになるのではと言われてますぜ。旗本や大名の奥方やお嬢さんが、会いたがるそうです」

「なるほどねえ。……美女番付に裏があるというのは聞いたことがあるが、《美男番付》なんてのにもそんな裏があるとはなあ。そんな番付に載りてえもんかと思っていたが、結局は儲かるってことなのか」

木暮は苦い顔で溜息をつく。留吉はにやりと笑って、こんなことも木暮に教えた。

「面白い話がありましてね。あの番付、自薦他薦問わず募集したそうですが、他薦の者たちは殆ど辞退したっていうんです。そしたら、辞退した男たちのほうが、実は本物の二枚目揃いだったってオチで」

「おいおい、じゃあ大関も関脇も小結も、残り物ってことじゃねえか！」

木暮は、しょうがねえなあと頭を掻いた。

その夜、木暮は〈はないちもんめ〉に行って、留吉から聞いたことを話した。

「やっぱりそうよね！　本物の二枚目は、そういうところにしゃしゃり出ていかないのよね」

涼やかな白藤色の単衣を纏い、お市は目を潤ませる。誰のことを言っているのかが薄らと分かり、木暮は無言で酒を啜った。出された〝分葱と茗荷のヌタ〟に箸を伸ばす。

酢味噌で和えられた茗荷は、ほろ苦い味だった。

「旦那、酒が進むじゃない」

通りかかったお紋に声をかけられ、木暮は苦い笑みを浮かべる。

「暑いからな。喉が渇いて仕方ねえんだ」

「ほどほどにね。呑み過ぎて大失態じゃ、いい男が台無しだからさ」

「まあな」

木暮が元気がないことに気づいたのは、お市よりお紋のようだ。板場に料理を取りに向かいながら、お紋は思う。

――お市は、どうやら周りが見えなくなってきているみたいだね。貫壱さんとは二度ぐらいしか会ってないのに、すっかり舞い上がっちまって。あの子がそんなふうになるってことは……本気なのかもしれないね――

貫壱も仕事が忙しいようだが、その合間を縫って、一昨日の夕刻、一人で〈はないちもんめ〉を訪れたのだ。その時のお市の喜びようといったらなかった。

娘の幸せを願うのは親として当然であり、お紋もお市を応援するつもりだ。しかし、長年の得意客である木暮の心中を慮(おもんぱか)ると、複雑な思いが込み上げるのも確かであった。

――もし、旦那がお市の気持ちを察して、身を引くように、この店に来なくなってしまったら……悲しいね。旦那、厚かましいようでいて、変に気が廻るから――

お紋は目九蔵から料理を受け取り、それを運んだ。皿に載った〝虎魚(おこぜ)の煮つけ〟の迫力に、木暮たちは目を瞠る。

「これでも食べて、元気出してよ！　虎魚を丸ごと食べたら、力つくよお！」

すると追加の酒を持ってきたお花が口を挟んだ。

「そうそう、虎魚を食べるってことは、婆(ばあ)ちゃん食べるみたいなもんだからさ」

「なんだい、聞き捨てならないね。まるで私と虎魚は同じような言い方じゃないか」

「おう、同類だろ。へちむくれな見た目がそっくりだ！」

「なんだって？　見た目じゃなくて、食べてみると味がいいってところが似てるんだろ、私と虎魚は！」

「見た目の割には味がいい、ってこった！　ねえ旦那方、虎魚の後は、うちの婆ちゃん味わってみる？」

お花に訊ねられ、木暮たちは首を大きく横に振る。皆、既に〝虎魚の煮つけ〟を頬張っていた。

「こんなに旨えのに、この魚も下魚扱いされて、気の毒だよなあ」

「この煮凝りのような、ぷるぷるした食感が堪りませんね」

「生姜が利いて、コクがあって、これ一つで飯何杯でもいけますぜ」

「脂がめちゃ乗ってまんがな。止まりませんわ。わての前歯も喜んでますがな」

虎魚を貪りつつ、木暮がぽつりと言う。

「虎魚って確かに見た目はあれだが、味は無茶苦茶いいよな。男ってのもそうあるべきと俺は思う。せめて中身だけでも、脂の乗った味のある男でいたいじゃねえかよ、ちきしょう」

するとと忠吾が力強く頷いた。

「あっしもそんな男になりたいです。そんなふうに生きたいですぜ」

「忠吾、大丈夫だ。お前は既にその道を邁進している」

「はい。精進しやす」

忠吾は皿を舐めるほどに味わい尽くす。お市が微笑んだ。

「虎魚、癖のあるお魚ですが、お気に召していただけてよかったわ」

男たちは途中で御飯も注文し、それに残った煮汁をかけて、夢中で食べた。

満腹になった木暮たちから《美男番付》の一件を聞いたお花は、

「やっぱりそうだったんだ。噂で聞いたんだよね。幽斎さんも他薦で候補に挙がったけれど、一言のもとに辞退した、って」

するとお紋も続けた。

「玄之助さんも辞退したらしいよ。お鈴とお雛から聞いたんだけどさ。あの子たち、玄之助さんを推薦したんだって。そしたらそれがバレて、玄之助さんにこっぴどく叱られたらしい。勝手にそんなものに応募するんじゃない、って。誰が美男だ、恥ずかしいにもほどがあるって、拳骨もらったそうだよ。それなのにあの子たち、目を潤ませてんだ。硬派のお師匠様やっぱり素敵〜、だってさ」

「懲りないやつらだ」

お花はぶつぶつ言う。ちなみに村城玄之助とは二十七歳の寺子屋の師匠で、お鈴とお雛はその寺子であり、玄之助を巡っての恋敵でもある。

木暮はお市に意見した。

「まあ、そういうことだから、豊島屋には気をつけたほうがいいな。袖の下なんて受け取って、強かに商売しているみてえだし」

木暮の言葉の裏には、貫壱みたいな男にも気をつけたほうがいいぜ、という意味が含まれていた。だが、お市はそこまでは気づかぬようだった。


娘と孫と一緒に朝餉を食べ終え、その片付けを済ますと、お紋は外へ出た。先ほど五つ（午前八時）の鐘が鳴り、もう陽が燦々と照っている。お紋は眩しさに目を細めながら、川沿いの道を真っすぐ行き、高橋を通り過ぎた。稲荷橋を渡るとすぐに湊神社が見えてくる。

紅白入り乱れて咲いている百日紅の木陰で、庄平は待っていた。お紋は一日置きに、庄平とこうして朝の逢瀬を楽しんでいるのだ。

二人はおはようと挨拶し、微笑み合った。

「暑い中、ここまで歩いてきても、お紋ちゃんは涼しい顔だもんなあ。やっぱり健やかになってるんだよ」

「庄平ちゃんこそ元気で羨ましいよ。病知らずじゃないか」

「昔から丈夫なだけが取り柄だからな、俺は」

庄平は顔をくしゃっとさせて笑う。その人懐こい笑顔に、お紋は癒されているのだ。

昔馴染みの二人が偶然再会したのは、昨年の恵比寿講市の日だった。恵比寿講市が開かれるのは神無月（十月）の十九日。十九日は、お紋の夫だった多喜三の月命日で、お墓参りにいった帰りだった。

お紋より一つ年上の庄平は元漁師で、多喜三が生きていた頃は、〈はないちもんめ〉によく食べにきてくれていた。その後、引っ越しをしたりして、次第に足が遠のいていってしまったが。

再会した時、二人は共に年を取り、皺が増えていたが、すぐに互いが誰か分かった。久しぶりに会えたことを喜び、茶屋で紅葉を眺めながら、色々なことを語り合った。

庄平も女房を五年前に亡くしたということを知り、お紋は思わず涙をこぼした。彼女も、店に何度か食べにきてくれたことがあって、よく覚えていたのだ。

お紋も話した。多喜三が亡くなって、今は、娘のお市と孫のお花と一緒に、店を守っていること。腕のよい板前に恵まれていること。八丁堀の旦那衆に力添えしたりしながら、女三代で楽しく賑やかにやっていることなどを。

そして……躰の悩みをも、お紋は包み隠さずに語った。

数年前、下腹に急に鋭い痛みが差し、お紋は一度医者に診(み)てもらった。その医者は悠庵(ゆうあん)といい、嘗(かつ)てお市の夫だった順也の病名と余命を的確に言い当てたことがあったので、お紋は信頼していた。

だが、診立(みた)ての結果は、お紋にとって酷(こく)なものだった。腹部に大きな腫物(はれもの)が出来ていて余命があまりないと、悠庵に告げられたのだ。

お紋は酷く衝撃を受け、目の前が真っ暗になり、落胆した。順也を的確に診立てした、悠庵に言われたからこそだ。だがお紋は、落ち込むだけ落ち込むと、覚悟が出来た。気が楽になったのだ。

——死が訪れたら訪れたで、その時だ。それまで笑って生きてやろう——

そう思えるようになった。

お紋はそれから、悔いのないように毎日懸命に仕事をし、精一杯楽しんでいたが、不意に不安が込み上げることもあった。

病のことはお市にもお花にも話すことが出来ず、お紋は自分の心の中だけに秘めていたが、どうしてか久方ぶりに会った庄平には話してしまった。庄平は真剣にお紋の話を聞き、意見した。

――もう一度、別の医者に診てもらうってのはどうだい？　その悠庵先生って人は、評判のよい医者っていうけど、医者だって万能じゃねえや、誤診だったってこともあり得るんじゃねえか？

しかしお紋は頷くことが出来なかった。

――そうしようとも考えたけれど、正直、今はその勇気がないんだ。もしほかの医者に診てもらって、また同じような診立てをされたら、その時こそ私は本当に倒れちまいそうな気がしてね。……分からないよ。今はその気はないけれど、そのうち、別の医者に診てもらう気になるかもしれない。でも、まだ……

庄平は、涙をこぼすお紋の背をさすり、慰（なぐさ）めてくれた。そして提案したのだった。

――じゃあ、今日から二人でお百度参りをしないかい？　お紋ちゃんの病がすっかり治りますように、って。二人で祈れば、一人で祈るより、倍の効果があるぜ。

庄平のくしゃっとした笑顔が、お紋をどれだけ励ましてくれたことだろう。庄平のその優しい心は、お紋にとって、どんな高価な薬よりも効き目があるように思われた。

こうして二人は、再会した日から早速お百度参りを始めた。そしてお百度参りがとうに済んだ今も、湊神社で落ち合っているという訳だ。

庄平は店にもまた食べにきてくれるようになり、二人は互いの気持ちを、大切に育(はぐく)んでいた。お紋がいつも身に着けている臙脂(えんじ)色の帯締めは、庄平からの贈り物なのだ。

「そうだお紋ちゃん、今度、店が休みの時、両国に花火見にいかねえか？　屋形(やかた)船(ぶね)借りてさ。楽しいぜ」

「そりゃいいね！　花火に舟遊びかあ。そういや、そういうこと、最近してなかったもんね。お客さんたちに、話を聞くばかりでさ」

「俺もそうさ。一人で花火見たり、屋形船に乗ったりするのはつまらねえけど……お紋ちゃんと一緒なら、最高なんじゃねえかなと思ってさ」

「私だってそうさ。……庄平ちゃんとなら」

庄平にじっと見つめられ、お紋は頰を仄かに染め、目をふと逸らす。突き抜けるような青い空に、百日紅の花が映え、お紋は眩しげに瞬きした。

ずっと医者に診てもらうことを拒否していたお紋だったが、近頃、心に変化が起きていた。これから先、庄平と楽しい刻を過ごすためにも、もう一度しっかりと躰を診てもらうほうがよいのではないかと、思い始めていたのだ。まだ躊躇いもあるが、もう少しで、その迷いも消えそうだった。

お紋は再び、庄平に目を移した。庄平は笑みを浮かべている。涙が出そうなほどに、優しい笑みを。

「花火見にいこうな、約束だぜ」

「うん。約束破ったら、承知しないからね」

「俺こそ承知しねえぜ」

二人は笑い声を響かせ、指切りをした。庄平の節くれだった指は、微かに汗ばんでいる。お紋は思った。

――もし、新たに医者に診てもらって、また余命が僅かだと言われても、今なら落ち着いて受け入れられる。だって、死ぬ前に庄平ちゃんと会えて、たとえ少しの間でも、こんなに穏やかで優しい刻を過ごすことが出来たんだもの。それだけで、もうじゅうぶんだ。私は幸せ者だって思って、あの世に逝けるよ――

第二話　夏祭り、烏賊(いか)の焼ける匂い哉(かな)

一

夏祭りの日はまだ明るいうちから広場に人が集まってきて、賑わいを見せていた。

六つ（午後六時）になって暮れなずんでくると、広場の中央に作られた舞台の袖から、三味線の音色が流れてきて、雰囲気がいっそう高まってゆく。

貫壱が捌いて焼く烏賊の、なんとも芳ばしい匂いが漂い、集まった人たちの鼻孔をくすぐった。

目九蔵と貫壱の屋台は向かい合い、お花は目九蔵を、お市は貫壱を手伝っていた。お紋は二台の間を行ったり来たりして、両方に力添えしている。

貫壱の、襷がけにした藍色の着流しから覗く腕は、日焼けして逞しい。手際よく料理する貫壱は、惚れ惚れするほど男前だ。お市が手伝いながらつい見惚れていると、豊島屋が挨拶にきた。

「本日はよろしくお願いしますよ。……おっ、二人とも藍色の着物に白い帯だ。もしやお揃いなの？　打ち合わせでもした？」

貫壱と目が合い、お市はそっとうつむく。貫壱は笑って豊島屋に答えた。

「いえ、まったく偶然です。そんなことを疑われては、女将さんに御迷惑がかかってしまい、申し訳が立ちません。……私は構いませんが」

お市の頰に血がのぼる。豊島屋は薄笑みを浮かべて、二人を交互に眺めた。

「なんだかヤキモチを焼いてしまうねえ。まあ、ここはひとつ、焼き餅ではなく〝焼き烏賊〟を一皿、もらおうか」

「一味か七味唐辛子(とうがらし)はおかけしますか？」

気を取り直し、お市が訊(たず)ねる。

「じゃあ、一味を少しかけておくれ」

豊島屋はお市から皿を受け取ると、輪切りして焼いた烏賊を頰張り、目を細めた。

「これこれ、夏祭りには、欠かせぬ味だ！　さすがは貫壱、軟らかく仕上げているじゃないか。これなら年寄りも問題なく食えるぞ。タレもよく染みている。甘辛い味に、一味をちょっとかけると、これがぴりりと利いて、また堪(たま)らぬわ」

烏賊の匂いにつられて人が集まってきて、忙しくなっていく。お市ものんびり貫壱に見惚れている訳にはいかなかった。

――屋台をやるっていうのも、いいかもしれないわね。夫婦でなら、尚更――

お市は甲斐甲斐しく立ち働きながら、貫壱を支えることの喜びを感じていた。

料理をする貫壱の額に滲んだ汗を、お市はそっと手ぬぐいで拭う。貫壱は、ありがとうというように、笑みを浮かべてお市に目配せをする。お市は蕩ける笑みを返した。

そんな二人を盗み見しながら、お紋は思っていた。

――木暮の旦那、来なくてよかったよ。……まあ、案外どこかでこっそり様子を窺ってるかもしれないけれどね――

目九蔵の屋台からも食欲を誘う濃厚な匂いが漂い、人が群がっていた。

「〝鰯の蒲焼き〟って、珍しいわね！　一皿ちょうだい！」

「こっちにも！」

「はい、ちょっと待ってくださいね」

目九蔵が捌いて焼いた鰯を、お花が皿に盛って渡していく。

「山椒はおかけしますか？」

「あら山椒もあるの？　じゃあ、ちょこっとお願い！」

熱々の〝鰯の蒲焼き〟を頬張り、皆、満面に笑みを浮かべる。

「こんなに安いのに、鰻の蒲焼きにも引けを取らないじゃないの！　凄いわ」

「身がふわっとして、口の中でタレと絡まって蕩けるの。鰻より諄くなくて、私はこちらのほうが好き」

「濃厚な味なのに、鰯だからか、さっぱり食えるな。もう一皿、頼む！」

目九蔵の料理も大好評で、二つの屋台はともに押すな押すなの賑わいだ。

貫壱は〝烏賊御飯〟も出し始めた。烏賊の胴身に炊いた御飯を詰めて、煮たものだ。生姜醬油の煮汁が御飯にまで染み通った、堪えられぬ一品である。お市は丁寧にそれを切り分け、皿に載せて渡す。

「こんなに美味しいもの、初めて食べたわ、私！」

「烏賊の中に飯を詰めるなんて、粋じゃねえか」

「このコクのある煮汁が、よく染み込んでるわあ。食べ応えあって最高じゃない」

この〝烏賊御飯〟は目新しさもあり、皆、摑み取るように持っていくので、忽ちなくなってしまう。貫壱とお市は大忙しで、お紋も加勢して烏賊に御飯を熱心に詰めていく。

目九蔵のほうの屋台が〝ねぎい〟を出し始めると、こちらも忽ち売り切れてしまうという有様となった。〝ねぎい〟とは、適度な大きさに切った葱と鰯を、交互に串に刺して炙り焼きした一品で、いわば現代の〝ねぎま〟のようなものだ。

「これ、手軽に食べられていいわねえ。鰯と葱が交互にくるから飽きないし」

「鰯と葱を同時に口に含んでも、旨いぜ！」

「お祭りなんかでさ、野菜も食べられると、なんだかほっとするわね。塩焼きだから、さっぱりと口直しにもなるわ」

作るとすぐに売れてしまうので、目九蔵とお花も休む間もない。

暫くは貫壱も目九蔵も必死で作り続けたが、六つ半（午後七時）近くになってすっかり日が暮れ、いくつもの提灯が灯る頃、屋台の賑わいはようやく落ち着いた。舞台が照らされ、集まった人たちはそちらに吸い寄せられていったからだ。いよいよ、《美男番付》に載った者たちのお披露目が始まろうとしていた。

主催者である豊島屋秀太郎、日本橋の祭りを仕切っている呉服問屋の笹野屋宗左衛門の挨拶が終わると、美男たちの登場となる。

三味線の美しい音色が流れる中、大関から前頭まで一遍に四人が現れると、集まった女たちから凄まじい嬌声が上がった。それは、三味線の音色を掻き消してしまうほどだった。

その騒ぎに驚いて、お市は思わず舞台に目をやる。華々しい舞台、四人の美男のずっと後ろに、三味線を手にひっそりと座っている女がいた。

「妹さんの三味線、お見事ですね。先ほどからずっと弾いてらしたけれど、一寸の乱れもなく流暢で、感心しておりました。涼しげな音色といいますか。素敵な妹さんですね、お綺麗ですし」

お市に褒められ、貫壱は照れ臭そうに微笑んだ。

「ありがとうございます。妹も喜びますよ。妹、お通っていうんですが、目が見えないんです。だから手に職をつけさせるために、三味線だけはなんとしても習わせていたんですよ。俺とは十二違いの、歳の離れた妹です」

お市は目を見開き、舞台を再び見た。お通は濃紺色の着物を纏い、黒子に徹しているようにおとなしく座っている。しかし奏でる三味線の音色は、凛と力強く響き渡っていた。

「そうなのですか……まったく気づきませんでした。いっそう凄いわ、あんなにお上手に弾かれて」

「いえ、瞽女の中には、あいつぐらいの腕前はいくらでもいますよ」

お市にだって、貫壱の言葉が照れ隠しの謙遜と分かる。それほどお通の腕は確かだったのだ。

——貫壱さん、妹さんと一緒に暮らしているって言っていたから、世話を焼いてあげているのでしょうね。妹思いなんだわ——

お市の心が温もった。

舞台では、豊島屋が美男四人の紹介を始めた。

「まず四位の前頭は、音松！ 火事の時に大活躍、花形の鳶として働いている。鍛え抜かれた身軽な躰と、少しあどけなさの残る顔が、女心を摑んで放さぬ十九歳だ」

鮮やかな黄色の着流しを纏った音松が丁寧に辞儀をすると、集まった女たちは黄色い声を上げた。

「素敵～、役者になれそう……ううん、役者にもあんないい男、いないわあ」

「江戸の華の、鳶ですものね。モテるんだろうなあ」

「音松にならっ、あたし、弄ばれてもいい！」

「私だって！」

姦しい女たちを眺め、音松は誇らしげに胸を張り、豊島屋は会心の笑みを浮かべる。《美男番付》のさらなる売り上げを、見込んだのだろう。

「ではここで、音松から皆様へ、何か一言お願いするよ」

豊島屋に促され、音松は再び辞儀をし、舞台の上から女たちに微笑みかけた。

「これをきっかけに、もっともっと、いい男になれるよう頑張ります。応援してください」

「応援するわあ！」

女たちは嬌声を上げ、いっそう盛り上がっていく。豊島屋は次の美男を紹介した。

「三位の小結は、時次。仕事は経師屋だ。仕事柄、審美眼は卓越しており、自らも美しいという、美点をいくつも併せ持った二十二歳だ」

若草色の着流しを纏った時次に、女たちは頰を染めてぼうっと見惚れる。四人の中で最も背が高く、すらりと細身だ。ちなみに経師屋とは、書画の幅、屛風、襖を仕立てる職人のことで、表具師ともいう。

「選ばれて光栄です。今宵は一緒に祭りを楽しみましょう」

時次が挨拶をすると、女たちは声を上げるのも忘れて感嘆した。

「これで小結なんて……質が高過ぎるわ」

「うち、襖を張り替えようと思っていたのよね。仕事頼もうかしら」

「私もお願いしたいわ。わざと襖破いちゃうわ、もう！」

女たちの目は、獲物を狙うかのように、鋭く光っている。女たちの反応を愉快そうに窺いつつ、豊島屋は次を紹介した。

「二位の関脇は、橋野川金彌。講談師として活躍しておる。巧みな弁舌と麗しい外見が相俟って、押しも押されぬ人気者。これからも活躍がますます期待される、二十五歳だ」

京紫色の着流しを纏った金彌に、女たちは悲鳴を上げる。普段から高座に上がっているからか、金彌は場慣れしており、観客の心を摑むのも上手いようだった。

「本日は皆様にお会い出来て、たいへん嬉しく思います。この橋野川金彌、どうぞお見知りおきを」

色白で少々恰幅がよい金彌は、舞台映えする。金彌は女たちを流し目で見て、やけに紅い唇に悩ましい笑みを浮かべた。

「きゃああ、さすが橋野川金彌！　高座見にいくわ、絶対！」

「眩暈がしそうだわ。肌なんてつるつるで、女みたい。ううん、私より絶対に綺麗だわ」

「男から見ると、けっと思うけどよ、悔しいがカッコいいのは確かだろうな」

「男も認める男前、ってことだね！　高座が連日大入りってのも分かるわ。私も通わなくちゃ！」

女たちはきゃあきゃあ騒ぎ、男たちは斜に構えながらも認めざるを得ないようだ。そしてついに、大関の登場となった。

「では優勝者である大関は、光一郎。米問屋〈藤浪屋〉の手代として働いている。真面目な中にも、きらりと光る個性と美しさ。気品ある麗しさは、〝文政の光源氏〟と呼ばせてもらいたい。誰もが納得の大関は、二十四歳だ」

涼やかな水色の着流しを纏った光一郎に、女たちは瞠目し、どよめいた。

「雛人形の男雛みたい……麗しいわ」

「光源氏ってぴったりね。それが売り文句というのも納得だわ」

「こんなに綺麗な男を見られて寿命が延びたよ、南無阿弥陀仏、南無阿弥陀仏」

光一郎に向かって手を合わせて拝むお婆さんや、立ち眩みを覚えて蹲る娘まで現れる始末だ。

その騒ぎを遠目で眺め、お花は溜息をついた。

「そんなにカッコいいかなあ。木暮の旦那から番付のからくりを聞いちまったから、あたいはどうしても冷めた目で見ちまうな。ねえ、目九蔵さん。騒がれている人たちって絶対、贔屓目で見られているよね。《美男番付》に載った男たちってことで。ねえ、きっとそうだよね」

目九蔵はお花に微笑みかけた。

「そうかもしれまへんな。まあ、お祭りですし、楽しめればええんちゃいますか」

「それもそうか。お祭りだもんね！　でも……お祭りが終わって冷静になったら、やっぱり大したことなかった、なんて我に返ったりしてね、皆」

「酔いが醒めた感じに似てまんな」

鰯の腸を綺麗に取り除いて、次の料理の準備をしながら、お花と目九蔵は笑い合った。

舞台では、お通の三味線に合わせて、美男四人が踊り始めた。そのしなやかな身のこなしに、女たちはますます色めき立つ。

「やはり光一郎様が一番ねえ」

「私は金彌を推すわ。色気があるもの」

「音松は、ほかの三人に比べてちょっと身近なところがいいわね。なんか、手に入りやすそうじゃない？」

「隣のお兄さん、って感じで？　それもいいけれど、ちょっと手の届かないほうが憧れにはなるんじゃない？」

「そうよね！　だから私はやっぱり時次よ。すらりとして町中でも目立ちそうだもの。皆、振り返るわ」

「私は今日から光様ひと筋よ。よっ、文政の光源氏、光様！」

騒々しい女たちの中には、十一歳ぐらいのこましゃくれた娘もいて、一人前に値踏みをしていた。

「私はやはり光様推しね。端整なお顔が堪らないわ。大関の風格もあるし」

「私は時次にしておくわ。あの、しなやかな躰つきがいいの」

「あら、ようやく意見が分かれたじゃない」

「本命は譲らないわよ。まあ、お師匠様は別格として、ときめきはいくつあってもいいものね」

「そうね。色々見つけておかないと」

こましゃくれた娘たちは顔を見合わせ、ふふふ、と笑う。この娘たちが、寺子屋の師匠の玄之助を番付に勝手に推薦した、お鈴とお雛である。本命は変わらずに玄之助であるものの、どうやら、その次を見つけているようだ。

こんな娘っ子たちからお婆さんまで、女たちは好き勝手なことを言って盛り上がる。

それゆえ気づいている者は少なかった。舞台の上で、美男たちが静かに牽制し合っているということに。金彌や時次の、光一郎を見る目が険しいということに。


お市とお紋もお花と同様、美男たちには興味を持てず、貫壱とともに次の料理の仕込みに取りかかっていた。

「あの連中より貫壱さんのほうが、やっぱりいいよねえ。貫壱さんが出ればよかったんだよ」

お紋の言葉に、お市は微笑む。お市もそう思っていたからだ。貫壱はもちろん謙遜した。

「今時はね、ああいう若い男ってのが女にウケるんですよ。私なんてもう、おっちゃんですからね。すっかりモテなくなってしまいましたよ、この頃では」

「貫壱さん、モテただろうね、若い頃。ずいぶん女を泣かせたんじゃない？」

お紋はちょっと意地悪な笑みを浮かべて、貫壱を見る。お市も複雑そうな面持ちで、貫壱を見た。貫壱は苦笑いだ。

「参ったなあ。そりゃ、若い頃は色々ありましたがね、それももはや思い出。昔話ですよ。……それなら大女将こそ、どうです？　若い頃は、色んな男を泣かせたんじゃありませんか？」

お紋は目を見開いた。

「私かい？　いやだね、私がどうして男を泣かすんだよ！　まあ、そりゃ子供の頃は、餓鬼大将相手に戦って、泣かしてやったことはあるけどね」

今度は貫壱が目を瞬かせた。

「それはまた頼もしい！　大女将、お転婆だったんですね」

「そうなんだよ！　その血がお花にも流れてるって訳だ。お市はお転婆ではなかったんだけどね」

「女将さんは見るからに淑やかそうだ」

貫壱に見つめられ、お市はうつむく。

「淑やかだなんて……私は娘の頃から、とろいんです。躰を動かすにしても、野山を駆け回るのではなく、踊りを嗜むという質で」

「いいですね。女将さんの踊っている姿、是非、拝見したいです」

お市の頬が更に紅潮したところで、宗左衛門に連れられてお蘭とお陽がふらりと現れた。

「あら、皆様お揃いで」とお紋が声を出す。

「いやいや、今回もお力添え、まことにありがとうございます。おかげさまで大盛況ですよ」

　宗左衛門が礼をすると、その妾（めかけ）のお蘭も頭を下げた。続いてお陽も。

「今回も、お料理が美味しいって、皆、言ってるわあ。目九蔵さんはもちろん、こちらの板前さんもさすがねえ」

「上野でお仕事なさっていると伺いました」

「ええ、下谷広小路の店で働いています。小さな店ですよ」

「腕がいいのなら、豊島屋さんに頼めば、もっと大きな店を紹介してもらえるのではないかな」

　宗左衛門の言葉に、貫壱は首を横に振った。

「いえ、私は今の店でいいんです。主（あるじ）に恩もありますからね。大きな店で息苦しい思いで働くより、今ぐらいの店で自由に仕事が出来るほうが、私には合っておりますので」

はっきりと言い切る貫壱に、お市の目が潤む。義に厚い貫壱の男気が伝わったのか、宗左衛門も力強く頷いた。

「立派な心がけだと思いますよ。しかし……こう言ってはなんですが、甘い面立ちの二枚目の割に、硬派でいらっしゃるのですな」

笑いが起きるも、貫壱は「いえ」と照れ臭そうだ。宗左衛門はお蘭に告げた。

「お前、こちらさんに夢中になったりしては駄目だよ」

「あらあ、わちきは大丈夫よお。なんだかんだ口では言っても、旦那様ひと筋ですものお。……それより心配なのは、わちきより女将さんでしょ？」

皆の目が一斉にお市に向けられる。お市はしどろもどろになり、手を滑らせて、皿を落としそうになった。貫壱は素早く皿を受け止めると、お市の背にそっと手を当てて落ち着かせ、自ら皿に料理を盛って、宗左衛門たちに渡した。

「〝鱒寿司〟です。祭りの料理には珍しいでしょうが、傷まないよう、鱒も飯も酢でしっかり〆ております。御安心なさって召し上がってください」

「あらあ、彩りよくて美味しそうだわあ」

「早速いただこうか」

「そうしましょう。鱒の匂いが堪りません」

宗左衛門、お蘭、お陽は鱒寿司を頬張り、目を瞬かせる。嚙み締め、呑み込み、宗左衛門は満足げに頷いた。

「いいですねえ。鱒の生きのよい食感と、甘酸っぱく軟らかな酢飯の食感が相俟って、口の中で蕩けます」

「酢飯に大葉と生姜の微塵切りも混ざっていて、憎いわあ。白胡麻も利いていて、芳ばしいわあ」

「お祭りでこんなお料理をいただけるなんて、贅沢ですね。たくさん食べたくなってしまいます」

箸が止まらぬ三人を窺いながら、お市はそっと貫壱を見た。貫壱は無言で、お市に微笑みかける。お市は気を取り直し、宗左衛門たちに告げた。

「御遠慮なく、お代わりしてくださいね」

三人が舌鼓を打っていると、どうやら美男たちのお披露目が終わったようで、また屋台に人が集まり始めた。鱒寿司はもちろん、目九蔵が出した料理にも人々は感嘆した。

「これ、不思議な味ねえ！　今まで食べたことがないような……でもとっても美味しいわ」

「私も初めての味だわ。ぴりっと辛くて、でも芳ばしくって、癖になりそう」

「これだけ暑いと、こういう辛いものが欲しくなるよなあ。一気に食えちまう」

「大蒜がつんと利いてるから、旨えのなんのって。こりゃ男でも大満足だ！　力が湧いてくるよなあ」

皆が汗を拭き拭き頬張っているのは、〝鰯と茄子と分葱の豆板醬炒め饂飩〟だ。

豆板醬は、目九蔵が蚕豆を発酵させて春先から作っていた。この時代に豆板醬？　と思われるかもしれないが、目九蔵は、昨年の秋の事件で知り合ったある人から、豆板醬の存在とその作り方を教えてもらったのだ。

〝鰯と茄子と分葱の豆板醬炒め饂飩〟の味付けは、梅酒、醬油、味噌少々、そして豆板醬。適度な大きさに切った茄子と分葱を、焼きほぐした鰯と味付けしつつ炒め合わせ、それに茹でた饂飩を絡ませれば、極上の一品の出来上がりだ。

鰯と豆板醬の味は意外によく合うので、現代でも鰯の味噌煮缶を使えばあっという間に作ることが出来る。もちろん、梅酒ではなくて料理酒を使ってもまったく問題はなく、そこはお好みで。

宗左衛門やお蘭たちもこちらの屋台に移ってきて、豆板醤炒め餛飩に舌鼓を打つ。お蘭は感嘆した。

「堪らないわあ。目九蔵さんってどうしてこれほど美味しいお料理を作れるのか、不思議だわあ」

「まことですよ。いやあ、鰯にも色々な料理の仕方があるのだと感心しております」

「本当に。鰯といってもまったく侮れませんね！　このお料理は大蒜をたっぷり使うのが、コツなのかしら」

目九蔵は料理をする手を止めず、お陽の問いに答えた。

「へえ、そうですわ。大蒜と豆板醤というのは非常に合いまして、互いの味を引き立てますさかい。この二つは、胃ノ腑が喜ぶ旨辛料理にはもう欠かせまへんわ」

宗左衛門たちは笑顔で頷く。

「これだけたくさんの人たちの胃ノ腑を喜ばせるなんて、大したものです」

「本当ねえ。今年の日本橋夏祭りも大成功ね、旦那様ぁ」

宗左衛門がお蘭の頭を撫でていると、豊島屋が美男たちを引き連れてやってきた。

「彼らにも旨いものを食わせてやってくれ」

「緊張してお腹が空いてしまいました」

美男たちは屈託なく笑っている。お紋が互いの屋台から料理を運んで、彼らに振る舞った。

勢いよく頬張る美男たちを眺めつつ、豊島屋はお紋に告げる。豊島屋は、自分と同じ歳ぐらいの男も連れていた。

「こちらは、大関に輝いた光一郎が働いている〈藤浪屋〉の主の、甚兵衛さんだ。是非、板前の御二方に御挨拶したいと申されてね。忙しい中申し訳ないが、ちょっと二人を呼んでもらえないかな。もちろん、お料理もお出ししてくれ」

「かしこまりました。少々お待ちくださいまし」

お紋は藤浪屋甚兵衛に礼をし、すぐさま屋台へと向かう。屋台はひとまず、それぞれお市とお花が守ることとなり、貫壱と目九蔵は料理を持って藤浪屋甚兵衛に挨拶しにきた。二人の料理を交互に味わい、甚兵衛は相好を崩し、二人の腕前を称えた。

「ありふれた鰯をこんなに色々な味わいで楽しませてくれるなんて、さすがですね」

「楽しんでいただけて光栄ですわ」

目九蔵は丁寧に礼をする。

「貫壱さんも、烏賊はともかく、祭りの料理で鱒を使うなど意外な試みで、これまた楽しませてもらいましたよ」

貫壱は微笑んで、甚兵衛に答えた。

「本当は烏賊、鱒のほかに、秋刀魚も使いたかったんですが、この時季、手に入りませんでした」

目九蔵は貫壱をちょっと見た。烏賊、鱒、秋刀魚という少し妙な魚の組み合わせに、おやと思ったのだ。

番付もお祭りも上手くいった豊島屋は、満面の笑みで口を挟んだ。

「こんなに好評なら秋にも何か催しをしようか。貫壱、その時は秋刀魚を使った料理、頼むよ」

「秋刀魚の料理、私も楽しみにしてますよ」

藤浪屋甚兵衛に肩を叩かれ、貫壱は笑顔で頷いた。

二人はすぐに屋台に戻り、再び料理を作った。もう五つ半（午後九時）だというのに、まだまだ賑わいを見せている。お市は貫壱にそっと耳打ちした。

「さっき、大女将がお通さんにもお料理をお持ちしました。お通さん、あれほど頑張ってくれたのですものね。気づかず、申し訳ありませんでした」

「そうだったのですか、ありがとうございます。お気を遣わせてしまいました。目九蔵さんの料理も運んでくださったのかな？」

「はい。両方、お持ちしました」

「それは尚更ありがたい。妹は俺の作るものは食べ飽きていますし、米より饂飩や蕎麦のほうが好きなんですよ。だから、目九蔵さんの料理のほうが喜ぶと思います」

「まあ、お米より麵類のほうが？　お兄さんはこれほどお米のお料理が上手なのに……贅沢ですわ！　なんて言ったら、怒られちゃうかしら」

お市は少々肩を竦めた。貫壱は笑った。

「いえいえ、あいつは味にうるさくてね、本当に贅沢な舌なんです。祭りの後できっと言われますよ。兄さん、目九蔵さんを見習って、もっと麵料理を勉強なさい、ってね」

「まあ、お通さん、ずいぶん厳しいんですね」

お市は目を丸くする。仲睦(なかむつ)まじげな二人を横目でちらと眺めつつ、お紋は鼻唄を唄いながら給仕していた。

屋台に群がっていた人々は、今度は美男たちに群がり、人垣を作っていた。銘々(めいめい)、鰯や烏賊や鱒の料理を頰張りながら、美男たちを眺めている。

「花より団子、じゃなくて、花も団子も、って感じだねえ」

欲張りな女たちを、お紋はからかいながら見ていた。

舞台の袖から、再び三味線の音色が流れてきた。食べ終えたお通が、また弾き始めたようだ。

少し手が空き、お花はほっと一息ついて、冷たいお茶を飲んだ。

お祭りには色々な人が訪れ、一人一人に目を留めている暇はなかったが、お花は先ほどから、ある男が気になっていた。

黒い頭巾(ずきん)を被って、黒い着流しを纏い、脇差(わきざし)を差している。その男は一人でずっと舞台を見ていたのだ。そしてお披露目が終わった後も、飲み食いもせず、ただ木にもたれて、舞台のほうをぼんやりと眺めていた。

夏祭りは無事終わり、豊島屋は次に美男たちの錦絵を売り出した。それがまた大人気で、飛ぶように売れたので、豊島屋は笑いが止まらない。

豊島屋は〈はないちもんめ〉を訪れて椀飯振る舞いをした。

「いやあ、これも目九蔵さん、〈はないちもんめ〉の皆さんのお力添えのおかげだわい！　今日は鰯だなんて言わず、鯛でも鮎でも白魚でも、上等な魚をたくさん料理してくれ！　ほら、皆さんも召し上がって」

「まあ、ありがとうございます」

お紋はほくほく顔だが、目九蔵は淡々と答えた。

「へえ、申し訳ありまへん。鯛も鮎も白魚も用意出来てまへんわ。土用の時季ですさかい、鰻はございますが」

目九蔵の返事に豊島屋はがっくりと肩を落とすも、お市の顔色を窺いながら答える。

「じゃ、じゃあ、鰻で何か作ってくれ！　まずは蒲焼きでいこう！　しかし目九蔵さん、この店は繁盛しているし、祭りの謝礼などもあるのだから、常々もう少し豪勢な料理を振る舞ってもいいんじゃないか？」

豊島屋が苦言を呈すも、目九蔵は変わらず淡々と答える。

「へえ、この店の懐事情にわては口を出す権利はありまへんが、基本はやはり旨安ではないかと考えております。前もって御注文下されば、高い食材も仕入れておきますが、普段は安くて旨いものを安価でお出ししたいと、思っております」

「そうかねえ。金子を持っている客を相手に、高い値段で提供するほうが儲かると思うけれどねえ。目九蔵さんぐらいの腕前の板前がいるのなら」

豊島屋は渋い顔だ。目九蔵が一礼して下がると、お市は豊島屋に酌をしつつ微笑んだ。

「板前の言うことで正しいんですよ。この店は、素朴な店なのですから。お仕事でお疲れの皆様が、お気軽に立ち寄ってくださるような」

「まあ、それが創業者であり、私の夫であった多喜三の願いだったからね。それを守って二十七年。今更、高級店を目指すってのもね」

「柄じゃないよね。あたいみたいのもいるしね」

酒を運んできたお花が口を出す。豊島屋は溜息をつき、お花に告げた。

「どんどん酒を持っていらっしゃい！　女将、大女将、好きなだけ呑んで、好きなものを食べておくれ！　お花さんも手が空いたら、こちらの席につくように」

「かしこまりました。では板前に、どんどん作ってもらうよう、頼んで参ります」

お花は板場へと急いで戻り、豊島屋はお市とお紋に酌をする。

「ありがとうございます」

礼を言いつつも、お市はどこか冷めた様子だ。

だが、豊島屋のそのような姿を見て、歯軋りしている男たちがいた。木暮だけではない、板元の大旦那である吉田屋文左衛門も同じだ。文左衛門もお市を目当てに通ってくる常連客の一人なのだが、同じ板元である文左衛門は、豊島屋が《美男番付》で当たりを取ったことも憎たらしいようだ。

「なんだか鼻にかけてるようで、むかっ腹が立つじゃねえですか、あの野郎！」

「これだから成金というのは、いただけませんな！　ちょっと小銭が入ったぐらいで、偉そうに。まったく目に余ります！」

少し離れた席に座っていた木暮と文左衛門は、どうしてか今や隣り合わせで酒を啜っていた。

「どうぞ御一献」

「いや、これは、これは。お返しさせてください」

「〝鰯と分葱のヌタ〟、旨えですなあ。酢味噌が利いてて、鰯は生でもさっぱり食えて、いやあ、偉大な魚ですぜ。だいたいが今の時季、鯛なんてありませんよな！」

「そうですねえ。鯛なんて弥生ぐらいまででしょ。そんなことも知らないんですかねえ。成金ってのは愚かですねえ！」

木暮と文左衛門の大声が響いてきて、豊島屋は身を乗り出し、二人をじろりと睨む。木暮は尻を少し浮かせて、大きな屁を放った。豊島屋は露骨に顔を顰めたが、文左衛門は鼻を摘まみつつも満足げな笑みを浮かべる。

「お見事です、さすがは八丁堀の旦那でいらっしゃる」

「いえいえ、それほどでも」

木暮と文左衛門は初めて意気投合し、豊島屋を時折睨めつつ、二人で呑み明かすのだった。

二

それから数日後、木暮が勤める南町奉行所に、〈藤浪屋〉の大番頭である光蔵が相談に訪れた。

「息子の光一郎が三日前から戻ってこない」というのだ。

《美男番付》で大関に輝いた光一郎は、大番頭の倅だったという訳だ。光蔵は言った。

「女のところにでも泊まりにいっているのだろうと思って、様子を見ていたのです。ところがお店にもなかなか現れないので、さすがに不安になり、御相談しに参りました」

木暮は、光一郎がいなくなる前の様子などを詳しく訊くが、特に変わったことはなかったという。だが、やはり番付に選ばれたからか、どこか浮ついているようなところはあったそうだ。

「仲のよい女がいたのか」

木暮が訊ねると、光蔵は答えた。

「倅も二十四ですから、親しい女の一人や二人はいたでしょう。どこかに泊まって、そこからお店にくるようなこともありました」

「どんな女か分かるか」

「いえ、そこまでは……。詳しくは分かりかねます。倅は親元を離れ、一人で暮らしておりましたから」

光一郎が住む長屋は、日本橋は村松町にあるという。

木暮は瓦版屋の留吉から聞いたことを思い出し、少し意地悪く訊ねてみた。

「息子さんは〈藤浪屋〉のお嬢さんと縁談があるなんて話を耳にしたが、ほかにも女が色々いたってことか」

するとと光蔵は慌てた。

「そ、そんなこともご存じで？　ええ……私もそろそろ落ち着けとは忠告していたのですが、光一郎は遊べるのも今のうちだ、なんて呑気なことを言っておりまして」

「うむ。二十四の男だし、消えてまだ三日だから、もう少し様子を見てもいいかもな。仲のいい女と、ふらりと旅にでも行っちまったのかもしれねえからな。まあ、さほど心配しなくてもいいとは思うが、一応、探ってはみるぜ」

「は、はい。何卒よろしくお願いいたします」

光蔵は深々と頭を下げた。

木暮は何か不穏なものを感じ、桂と一緒に光一郎のことを調べ始めた。

光一郎が親しくしていたのは、水茶屋で働くお涼と、名門の料亭《平清》で給仕をしているお純という二人の女だった。ともに十八歳で、なかなかの美貌である。

木暮はまずお涼をあたってみた。が、光一郎の行方は分からないという。木暮は少し意地悪な質問をした。

「光一郎には、お前さん以外にもほかに女がいる気配はなかったかい？　《美男番付》で大関になるような男だ、相当モテたんじゃねえのか？」

するとお涼は目をそっと伏せ、苦しげに言った。

「いえ、そんな気配はまったくありませんでした。光一郎さんと私は、夫婦になる約束をしておりましたから。光一郎さん、もしお父さんが許してくれなければ、私と駆け落ちするって言ってくれたんです。……私、光一郎さんを信じています」

目を潤ませるお涼からは、切なさが漂ってくる。

「光一郎さん、もしや何かの事件に巻き込まれたのではないかと、心配です。《美男番付》で優勝したりして目立ってしまったのが仇となり、妬んだ誰かにどこかに連れていかれたとか……」

話しながら、お涼はぶるっと身を震わせる。木暮と桂も眉根を寄せた。

「うむ。その線はないとは言えねえな。……話してくれてありがとよ。光一郎が無事に戻ってくるよう、お前さんも祈っていてやりな」

　木暮はお涼を励ました。

　次に木暮らは、お純のもとを訪れた。

「光一郎さんにほかに女がいることは薄々気づいていました」

　同い歳でも、お涼よりお純のほうが見た目も中身も大人のようで、冷静な話しぶりだった。

「ゆくゆくは夫婦になろう、などと調子のいいことを言ってましたけれどね。でもそんなのは口先だけだと分かっていました。光一郎さんは〈藤浪屋〉の大番頭の息子ですから、色々しがらみがあって、どうせ仕事絡みで娶ることになるだろうって予想がついていましたから。光一郎さんのことは好きでしたが、どこか冷めていましたね。《美男番付》の大関になった時、正直、すっぱり諦めました。諦めたというよりは、思いを断ち切ったといいますか。もう、どうでもいいや、というように。こんな私にも、御奉公先で仲のいい人はいますしね」

　木暮は大きく頷いた。

「なるほどな。お前さんはなかなか賢明だ。その賢さで察してほしいのだが、光一郎は今どうなっているんだろうな」

お純は顎に手を当てて少し考えた。

「噂で〈藤浪屋〉のお嬢さんと縁談があるというような話を耳にしましたので、別の女の人と一緒ということはないような気がします。光一郎さんは強かといいますか、そういうヘマをする人ではありませんので。でも」

言葉を一瞬切ったお純を、木暮と桂はじっと見つめる。お純は一息ついて、続けた。

「最後に二人で会ったのは、《美男番付》のお披露目がある十日前でした。その時、やけに羽振りがよかったんです。いつもの出合茶屋で会ったのですが、出前や酒をどんどん注文してくれて、椀飯振る舞いで。それで私、忠告したんです。《美男番付》の賞金でそんなことをするのなら、やめたほうがいい、貯めておいたほうがいいわ、って。そうしたら光一郎さん、にやりと笑って、莫迦だなあ、《美男番付》に載ったりして名が知られると、色々ありがたい話があるんだよ、って。……だからもしや光一郎さん、そんなありがたい話に乗せられて、自ら危険なことに首を突っ込んでしまったのでは」

木暮と桂は顔を見合わせた。

さらに調べを進めると、お涼とお純のほかにも、半年ほど前から、一人暮らしの長屋に、時折訪ねてくる女がいたということを摑んだ。その女は光一郎を訪ねてきても、すぐに帰ってしまったという。歳も女のほうが十は上のようで、付き合っているという雰囲気ではなかったそうだ。だが、その女がどういう者なのかは、誰もさっぱり分からないようだった。

「半年ほど前というと、《美男番付》の募集を始めた頃だよな」

「番付に何か関わっている者でしょうか」

木暮と桂は考えを巡らせる。光一郎は最近、夜更けや明け方に帰ってくることが多かったという。

お純の話から、光一郎を危険なことに引きずり込んだ者がいるとすれば、時折訪れていたという年上の女が怪しいと思われた。だが、それがどのような者か、なかなか割れなかった。

光一郎の足取りが摑めず、木暮が手をこまねいていると、数日後、今度は関脇に輝いた講談師の橋野川金彌が失踪してしまった。

これはますます放っておけないと、木暮と桂は金彌が高座をつとめていた浅草の小屋へと向かった。

そこで聞き込んだところによると、金彌は、銀治という後輩を相当いびっていたという。芸が拙いというだけでなく、見た目にも難癖をつけ、醜男などと言って人前でも罵倒していたのだ。

木暮たちはその銀治にも会ってみたが、確かにどこか卑屈な感じのする、冴えない男だった。暗い雰囲気なのは、金彌にいびられ続けたせいもあるだろう。しかし見た目に関しては、罵倒されるいわれはないように思えた。

「いなくなる前、金彌の様子にどこか変わったところはなかったか？」

木暮が訊ねると、銀治はおどおどしながら答えた。

「は、はい。別に変わった様子はありませんでした」

「どこか行きそうな場所などは分かるか？」

「いえ……私は、それほど親しくありませんでしたので。ちょっと分かりかねます」

銀治はどうやら仕事場以外では金彌と関わりたくなかったようだが、その気持ちは木暮たちにも分かった。

「金彌ってのは、どうやら質の悪い奴のようだな」

木暮と桂の意見は一致した。

気になったのは、銀治の目つきだった。木暮ですら何かぞっとするような、険があったのだ。

金彌が住む元鳥越町の長屋の周りを探っても、その行方を察することは出来ず、木暮と桂は肩を落として帰った。


《美男番付》の大関と関脇の二人が続けざまにいなくなり、徐々に騒ぎになり始めた。木暮は懇意の瓦版屋である井出屋留吉には、まだ書き立てないでくれと頼んだ。下手人が警戒すると、探索がよけい難航してしまう恐れがあるからだ。

忠吾と坪八には、小結の時次と、前頭の音松をしっかり見張るよう頼んだ。そして木暮は桂とともに消えた二人の行方を追ったが、なかなか見つからない。

手詰まりになって再び浅草の小屋へ出向くと、銀治は「そういえば……」と証言した。

「半年ほど前から、女の人がたまに兄さんを訪ねてきていました。それが御贔屓筋とかいったような感じではなくて、かといって付き合っているようでもなく、どういった関係の人かよく分からないような」

すわ、光一郎の時と同じ女かと、木暮と桂は身を乗り出す。

「どんな女だ？　知ってることはなんでもいいから話してくれ」

「ええ、小唄の師匠という話でした。毬代(まりよ)さんとか、毬江(まりえ)さんとか……確か、〝毬〟が名前についていたような」

「ありがとよ、恩に着るぜ！」

木暮は銀治の肩を叩くと、桂とともに小屋を飛び出した。

木暮たちは、光一郎と金彌の住処(すみか)に近い柳橋(やなぎばし)に目をつけた。花街である柳橋には、踊りや小唄の師匠が多いからだ。

二人はそのあたりの小唄の師匠を隈(くま)なく調べ、ついに毬代という女を探し出した。毬代は二階のある家に住み、看板を掲げていた。

木暮が戸を叩くと、端女(はしため)の老婆(ろうば)が出てきたが、同心の身なりの二人に些(いささ)か動じたようだった。

「主の毬代さんはいるかい？　ちょっと話を聞きてえんだが」

朱房(しゅぶさ)の十手(じって)を見せ、木暮が凄む。すると端女の後ろから、妖艶な声が響いた。

「あら、八丁堀の旦那方？　こんな狭いところでよろしければ、どうぞお上がりくださいまし」

毬代と思(おぼ)しき女に見つめられ、木暮と桂は息を呑んだ。

歳は三十半ばぐらいか、小股の切れ上がった、という言い回しがぴったりの、粋な美女だ。濡れるように艶やかな黒髪に、白い餅肌、完璧ではなくちょっと崩れた美貌というのが、よけいに艶めかしい。

熟れた躰に淡藤色の単衣を纏った毬代は、涼しげながらも、熱っぽいような妖気を漂わせている。その色香には、木暮と桂もたじたじとなってしまうほどだった。

毬代は屈託なく二人を迎え入れ、端女にお茶を出させた。

「お酒のほうがよろしかったかしら。いいのがあるんですよ、吉乃川っていう越後のお酒。さらりとして口当たりがいいのよお」

「いやいや、呑みにきた訳ではねえからよ。お茶でじゅうぶんだ。……それより、色々話を聞かせてもらおうと思ってね」

「はい、どんなことでしょう」

毬代は背筋を正し、木暮と桂に流し目を送る。

「率直に聞こう。お前さんかい？　半年ほど前から、〈藤浪屋〉の手代の光一郎や、講談師の橋野川金彌のもとを訪れていたという女は」

木暮が訊ねると、毬代は笑みを浮かべ、あっさりと認めた。

「ええ、私ですよ。豊島屋さんに頼まれたんです。《美男番付》を作るので、めぼしい男がいたら、立候補するように誘ってほしい、って」

つまり毬代は、豊島屋に、美男探しの役割を託されたというのだ。

毬代は小唄の師匠になる前は、この柳橋で芸者をしていたそうで、豊島屋とはその頃からの付き合いだという。

「とはいっても男と女の仲ではありませんの。でもまあ、豊島屋さんには前々から色々お世話になっておりますので、そのお返しに少しでもお力になれればと思い、お引き受けいたしました」

毬代は悪びれずに言った。衿元から覗く白い肌、豊かな胸の膨らみに目をやり、木暮は苦々しい顔になる。

――思ったとおり、豊島屋はなかなかの遊び人のようだな。女将に一途という訳ではなさそうだ、あの古狸め――

内心かっかするも、木暮は気を取り直して訊ねた。

「その光一郎と金彌がいなくなり、行方が分からぬのだが、それについて何か心当たりはないか？」

すると毬代は目を大きく見開いた。

「えぇっ、そうなんですの？　大関と関脇がいなくなってしまったんですか？

それは大事ではありませんか！　なるほど、それゆえ私のところにいらっしゃったと。でも……申し訳ありません、私はそのことに関してはまったく何も存じません。お二人がいなくなったことすら、今初めて知りましたので」

「豊島屋から聞いていていなかったか？」

「はい。豊島屋さんとお会いしたのは、《美男番付》のお披露目のお祭りの日が最後で、そういえばあれからお目にかかってなかったわ」

「あの祭りに行ったのか」

「ええ。ちょっと顔を出した程度で、すぐに帰ってしまいましたが。美男探しの謝礼は、豊島屋さんから既にいただいていましたからね。その後はどうなろうが、正直、殆ど興味はなくて」

そこまで話すと、毬代は「ちょっと失礼」と足を崩し、煙管を燻らせた。夏の午下がり、なんとも気怠い女の風情に、木暮はまだしも桂は目のやり場に困っているようだ。

──この手の女は、顔がいい男なんてのより、金を持ってる男を好むんだろうなあ──

とても小唄を教えるだけでは住めぬような家を眺めながら、木暮は思う。

消えた光一郎と金彌に共通して繋がりがあるのは、今のところ、豊島屋と毬代ということになる。だが、彼らの失踪にこの二人が本当に関与しているかどうかはまだ分からない。話だけ聞いて帰ろうかと木暮が考えていると、端女が襖を開けてわざとらしく告げた。

「お師匠様、そろそろお弟子さんたちがお稽古にいらっしゃる時分ですが」

「あら、そう？　もうそんな時刻？」

小唄の師匠らしく、毬代は唄っているような話し方で、甘く気怠い声がいつまでも相手の耳に残る。木暮と桂は顔を見合わせ、暇を告げることにした。

帰り道、木暮は桂に訊ねた。

「毬代は、豊島屋と本当に男と女の間柄じゃねえのかな」

「なんとも言えませんねえ。二人とも曲者の匂いがぷんぷんしますから。特にあの毬代という女。なんとも厭らしげですからね」

木暮は桂の端整な横顔を眺め、にやりと笑った。

「へへえ。堅物のお前にそんなことを言わせるなんざ、毬代ってのは相当なタマだな」

「と、兎に角、あのような女には気をつけるべきということです。我々男というものは！」

桂は頰を微かに赤らめ、咳払いをする。

「堅物の男に限って、ああいう毒婦みてえな女に引っかかるんだよなあ！　女房とはまるきり正反対の、豊満で色気たっぷりの女によ！　桂、お前も気をつけろよ。おケツの毛まで毟り取られるぜ」

「余計なお世話です！」

「今度毬代のところに探索にいったら、お前が小唄習いにきてたりしてな」

「木暮さん、怒りますよ！」

木暮は桂をからかいつつ、今度は豊島屋のもとへと足を延ばした。

二人は話を聞いてみたものの、光一郎と金彌が消えたことに、豊島屋もまったく心当たりがないという。木暮は凄んだ。

「おかしいじゃねえか。その二人に共通しているのは、おたくが発売した《美男番付》に上位で載ったということだ。しかも二人とも、お前さんの知り合いの毬代という女にそそのかされて、自ら応募している。これは何か裏があると疑われて当然じゃねえか？　それに……お前さんは、番付に載せる代わりに、金子をもらっていたよな。光一郎を大関にするため〈藤浪屋〉が相当な袖の下をお前さんに渡したことを、知らねえとでも思ってるのか！」

お市のこともあって、木暮は豊島屋に対して気が立っているのだ。豊島屋は袖の下のことを突かれて一瞬黙ったが、平然と言い返した。

「そんな噂が流れておるのですね。まったくもって遺憾ですな。賄賂のことなど、わしはまったく知りません。寝耳に水ということです。何も証拠がないことを、そう軽々しく仰っていいものなのでしょうかねえ、町方のお役人様といえども」

木暮は拳を握り、豊島屋を睨める。豊島屋が言うように、確かに証拠はない。留吉から話を聞いただけで、賄賂の受け渡しを実際に見た訳ではないからだ。

豊島屋は続けた。

「正直申しますと、光一郎と金彌がこのまま見つからなければ、こちらは損をしてしまいそうなんです。《美男番付》に続いて、あの二人の錦絵も飛ぶように売れていたというのに、変な事件に巻き込まれたなどという噂が立ったら、ケチがついて売り上げも低迷してしまうでしょうからね。わしはまだまだ、光一郎や金彌で稼ごうとしていたんですよ。だからわしがあの二人をどこかに隠すなんてこと、する訳がないじゃないですか。あの二人を早く探し出してほしいのは、こちらのほうなんです。お役人様方、お願いします」

豊島屋に素直に頭を下げられ、木暮の握った拳が微かに緩む。

——そう言われてみれば、そうなんだよな。豊島屋があの二人を連れ去ったとして、いったい何のために……という疑問はあるんだ。二人とも身代金の要求がまだないところをみると、金目的の勾引かしではないようだ。……するとやはり怨恨、あの二人に対して恨みを持っている者の仕業なのだろうか——

木暮はひとまず、桂とともに豊島屋のもとを去ったが、豊島屋からは目を離さぬようにしよう、と考えていた。

次の日の夜、〈はないちもんめ〉を訪れた木暮は、あからさまにむっとした。貫壱が呑みにきていたからだ。お祭り以来、貫壱は目九蔵を慕って、時折一人で来るようになっていた。

「いやあ、これはいいですねえ。唐辛子がぴりりと利いて、酒のつまみにも最高ですし、飯にかけても旨いだろうなあ」

〝鶏そぼろ肉の梅酒煮〟を突きながら、貫壱は笑みを浮かべている。細かく叩いた鶏肉を胡麻油で軽く炒め、水と同量の梅酒に、醤油と生姜を加えて弱火で煮詰める。途中で輪切り唐辛子を追加すると、よい味が出て、甘辛ぴりりの美味しさとなるのだ。

「御飯、お持ちします？」

お市が嫋（たお）やかに訊ねると、貫壱はきゅっと酒を啜って、盃を差し出した。

「いえ、まだこうして酒を楽しんでいたいです。女将のお酌で」

「まあ……では」

お市は頬をほんのり染め、貫壱に酒を注ぐ。

木暮は座敷に腰を下ろしても落ち着かず、少し離れた席から二人を見やり、かっかする。あまりにかっかし過ぎて頭から湯気が立ちそうで、桂は笑いを嚙み殺す。するとお花が酒を持って、注文を取りにきた。

「料理は何にします？　今夜のお薦めは、〝鶏そぼろ肉の梅酒煮〟か〝鰯つみれの冷やし汁〟か……」

「〝鰯つみれの冷やし汁〟だ！　鰯だ、鰯！　鰯に決まってんじゃねえか、こんちくしょう！　このクソ暑い時に鶏なんて誰が食べるかってんだ！」

木暮の剣幕に、さすがのお花も一瞬怯（ひる）む。

「な、なんだか御機嫌悪いね、旦那。かしこまりました。〝鰯つみれの冷やし汁〟だね、ちょっと待ってて」

答えつつ、木暮の視線の先を確認し、お花はなるほどと合点がいく。お花が板場へ行くと、木暮はむすっとした顔で手酌で呑み始めた。するとお紋がやってきて、木暮と桂の間に腰を下ろした。

「手酌なんて寂しいじゃないか。私に注がせておくれよ」

「構わねえでくれ！　勝手に呑みてえ気分なんだよ」

「そんなこと言って……なんだい、いい歳してヤキモチなんて焼いたりして。みっともないじゃないか」

「べ、別にヤキモチなんて焼いてねえよ」

お紋は白鼠色の単衣の衿を正しながら、木暮に流し目を送る。

「まあ、男ってのは可愛いもんだよね。女も可愛いもんだけどさ。いくつになっても一目惚れだの、岡惚れ（片思い）だのね」

「一目惚れ……ね」

木暮は、貫壱をうっとりと見つめるお市を眺めながら、きゅっと酒を呑む。お紋は木暮がよそ見をしているのをいいことに、手酌で注いで、勝手に木暮の酒を呑み始めた。

「そういや私は娘の頃、〝岡惚れさせ屋のお紋ちゃん〟なんて言われていたんだよ」

耳元でお紋に悩ましい声で囁かれ、木暮はぞくっとして、我に返る。

「あっ、俺の酒を勝手に呑みやがって！　まあ、いいぜ、一杯だけな」

「一杯だけなんて、堅いこと言わずにさあ。……それでね、岡惚れさせ屋のお紋ちゃんって呼ばれてたんだよ、私ゃあ」

「岡惚れさせ屋？　なんだそりゃ、一体？　岡惚れ、つまりは一方的に相手を好きになってばかりだったってことかい？」

「違うよ、その逆さ！　いいかい旦那、耳の穴をかっぽじって、よーく聞いて、よーく覚えておくんだよ。たくさんの男たちに岡惚れさせてしまうほどに魅力のある娘ってことで、このお紋ちゃんは〝岡惚れさせ屋〟だったんだよ！」

「ははは、お紋ちゃんに憧れて追いかける男が後を絶たなかったって訳か」

「そうさ！　考えてみれば女の一生も、男の一生も、岡惚れだの、相惚れ（両思い）だの忙しないもんさ！　でもさ旦那、それがまた切なくも、いいんじゃないの？　私だって娘の頃から岡惚れ、相惚れ、一目惚れ、すったもんだを繰り返し、まだまだ女盛りのお紋さん、穏やかに相惚れを楽しんでいるってところさ、今ではね」

「老いぼれさ」

「なにをっ」

「なんだとっ」

お紋と木暮がいがみ合うところにお花が料理を持ってきて、

「おいおい旦那、その突っ込みを入れるのはあたいの役目だよ！」

などと怒り出すから、桂はもう手に負えない。

騒いでいる木暮たちを振り返り、貫壱は笑みを浮かべた。

「なんだか楽しそうですね」

「いつもいつも、あの調子なんですよ。うるさくて申し訳ございません」

「賑やかなほうがいいですよ。活気がある店には、人が集まりますから」

お市は礼をし、貫壱を団扇で扇ぐ。

すると戸が開き、新たなお客が入ってきた。それが豊島屋と毬代だったので、木暮と桂は目を瞠った。

「あいつらに話を聞きにいった昨日の今日で、連れ立って現れるとは、大した度胸だな」

「やはり曲者ですね、あの二人は」

木暮と桂は顔を寄せ合い、声を潜める。

「なんだ、お前。一人で来ているのか。この店に連れてきてやった俺に黙って。まったく、何が目当てなんだろうな、この色男は！」

豊島屋は貫壱を目ざとく見つけると、自分も女連れであるにも拘わらず、皮肉を放った。お市に酌をされているのが、癪に障ったようだ。

しかし貫壱は些かも動じず、はっきりと答えた。

「目九蔵さんの料理の味が忘れられず、後学のために来させていただいていますす。お市さん、お紋さん、お花さんのもてなしの心も、学びたいと思いまして」

貫壱の真摯な物言いに、豊島屋は黙ってしまう。店の中が一瞬、静まり返った。

お市の目は潤み、お紋とお花も誇らしげだ。

木暮は手酌の酒を啜りながら、仏頂面で顎をさすった。

――勝ち目、ねえかもな――

そんな不安が、木暮の胸をよぎる。

豊島屋は苛立ちながらも堂々と座敷に上がり、毬代と一緒に、隅のほうの席に座った。毬代は先日見た時よりいっそう艶めかしく、丁寧に化粧を施し、常盤色の単衣の衣紋を大きく抜いて白い背中を覗かせ、妖しく匂い立っている。

毬代が〈はないちもんめ〉を訪れたのは初めてなので、お市のみならずお紋とお花も、少々訝しげに窺っていた。

豊島屋と毬代は〝鰻と卵と分葱の豆板醬炒め〟を味わいつつ酒を呑むも、毬代は木暮と桂を目ざとく見つけ、わざとらしく大きな声で豊島屋に話しかけた。

「ねえ、あそこにいらっしゃるのが、私を訪ねてきた同心の旦那方よ。私、下手人扱いされちゃったわ！」

豊島屋は黙って、にやけながら酒を啜っている。

毬代は酔っていっそう騒いだ。小唄を教えている狼連の男たちにいくら貢いでもらっただの、何を買ってもらっただのと、自慢げな話を見境なくべらべら喋る。

「この間なんて、〈八百善〉で御馳走してもらったの。それがなんと一人前が軽く一両を超えるのよ、一両よ！　それぐらい高いとさすがに美味しいのよねえ、鯛とか鱚とか車海老とか。こういう一風変わった庶民の味もいいけれど、ねえ、豊島屋様ぁ、今度はそういうところに連れていってえ！」

木暮の隣で、お紋もさすがに顔を顰める。旨安料理を謳っている自分の店を、名門の料亭に当てつけられ、貶められたと感じたのだろう。

すると見かねたように、貫壱が怒声を放った。

「そんなくだらねえ話を、このような場所でするもんじゃない！」

店がしんと静まる中、貫壱は続けた。

「この店は、心尽くしの料理と、旨い酒、そして働いている皆さんの温かなおもてなしを味わうところなんだ。そんな憩いの場所に、てめえの下劣な話など似合わねえんだよ！」

貫壱が一喝すると、毬代は青ざめた顔で立ち上がり、食ってかかった。

「あんたなんかに偉そうなことを言われる筋合いはないわよ！　ふん、ちんけな店の板前のくせに」

どうやらこの二人は初対面ではなく、以前から互いを知ってはいるようだ。睨み合う二人を、お紋は取りなした。

「まあまあ落ち着いて。腰を下ろしてくださいな」

だが毬代の怒りは収まらない。

「お酒が不味くなるわ」

吐き捨てるように言うと、貫壱をきっと睨んで、出ていってしまった。

「お、おい！　待ってくれ！」

お代を放り投げ、豊島屋も慌てて毬代を追いかける。

静かになった店の中、貫壱は深々と頭を下げた。

「お騒がせしてすみませんでした」

お紋が笑顔で冷酒を運んできた。

「仕切り直しだ。気分を変えて呑み直して！　貫壱さん、ありがとね。言ってくれて、こっちもすっきりしたよ」

「出過ぎた真似をしてしまいました」

肩を竦める貫壱に、お市は丁寧に酌をする。よく冷えた酒を味わいながら、貫壱は苦々しく笑った。

「ああいう厚かましい女を見ていると、つい文句を言ってやりたくなってね。損な性分だって分かってるんですが、直らないんですよ」

「毬代さん、でしたっけ。ご存じなんですか」

「ええ。とはいっても、豊島屋さんが贔屓にしているんで、何度か顔を見たことはあるという程度です。だから知り合いってほどではありません。豊島屋さんは、どこがよくてあんな女を贔屓にしているのか、不思議ですよ。厚かましいうえに厚化粧でね」

溜息をつく貫壱に、お市は思わずくすっと笑ってしまう。

「貫壱さんは、ああいう女の人は苦手でいらっしゃるの？」

「正直、顔も見たくありませんね、ああいう手合いは。女ってのは、淑やかで落ち着いていて、男に静かに寄り添って、もてなすことが出来る人でないとね。……なんて、贅沢かな」

照れたように頭を掻く貫壱に、お市はますます蕩ける笑みを浮かべる。

そんな二人を眺めながら、木暮はあたかも凶悪犯のような険しい顔つきになっていた。

木暮と桂は、豊島屋と毬代を見張り始めたが、一向に動きがない。粘り強く探索するも、光一郎と金彌の行方は知れなかった。

三

文月（七月）に入り、暦の上では秋だが、まだまだ暑い。七夕の日には邪気を払うために素麵を食べる慣わしがあるので、〈はないちもんめ〉でも冷やした素麵を出してお客たちをもてなした。

その七夕が過ぎた頃、お紋にとって酷く衝撃的なことが起きた。

かつてお紋を診て、余命僅かだと告げた医者の悠庵が、川で溺れて亡くなってしまったのだ。しかも、どうも不審な点があるらしく、遺体は調べに回されたという。

お紋がそのことを知ったのは、昼餉が終わって、ちょうど店の休み刻だった。うろうろ舟で売る弁当を取りにきた茂平から、話を聞いたのだ。悠庵の死は町でも噂になっているという。

――悠庵先生が、どうして？　まさか私より先に逝ってしまうなんて――

動悸が激しくなって倒れかけたお紋を、目九蔵は負ぶって二階へ運んだ。

「お母さん、大丈夫？　しっかりして」

「お父っつあんを診てくれたお医者だったから、婆ちゃん、驚いたんだね」

床に臥せたお紋の耳に、お市とお花の話し声が聞こえてくる。

お紋は自分も悠庵に診てもらったことを、庄平以外には誰にも話していないので、お市たちはお紋の真の胸中を察することは出来なかっただろう。

お紋は取り残されてしまったような思いだった。悠庵はお紋に、診立ての言葉だけを置いて、逝ってしまったのだ。

漠然とした不安に、お紋は苛まれた。

お市とお花は寝ずの看病をし、お花はお紋の手を握って離さなかった。娘と孫、そして目九蔵の手厚い看病のおかげで、お紋はすぐに起き上がれるようにはなった。しかし大事を取って、店は一日休んだ。

お紋は、お市が作った〝梅干しと大葉の茶粥〟を啜りながら、ぽつりと言った。

「順也の時にお世話になった先生だから、お線香をあげにいきたいね」

「そうね。私も一緒にいこうかしら」

「いや……お前は店のことをちゃんとやっておくれ。この時季、忙しいからね。行くのは私だけでいいよ」

お市は母親を見つめた。

「そう。……でも、まだ少し顔色が悪いから、心配だわ。旦那に付き添ってもらいましょうか」

「それは別に構わないがね」

「無理しないでよ、お母さん」

「大丈夫さ。……これ、なかなか美味しいじゃないか」

お紋は茶粥をゆっくりと味わう。娘が作ってくれた茶粥の、塩気が少し利いたなんとも穏やかな味は、お紋の胃ノ腑に染みわたった。

お紋は木暮と桂に付き添ってもらい、悠庵のところへ弔問にいった。悠庵の死に不審な点があるというので、木暮たちにはそれを探るという目的もあった。

悠庵の診療所は、一ノ橋を渡った四日市町にある。悠庵は数年前に内儀を亡くしており、小さな診療所には、養子であり弟子であった道輔と下女の老婆が住み込みで働いていた。

「亡くなる前、悠庵先生に何か変わったことはなかったか」

木暮が訊ねると、下女は答えた。

「亡くなる数日前の深夜、誰かが先生を呼びにいらしたんです。九つ（午前零時）近かったでしょうか。訪ねてきたのは、三十歳ぐらいの男でした。その男は、火急の用があり先生お一人で来ていただきたいと、頼んでいるようでした。入り口で何かぼそぼそ話していらして、私は耳も遠いせいもあり、はっきり聞こえませんでした。そして先生は、ちょっと行ってくると仰って、出ていかれました。行き先を告げずに出かけてしまうことは今まで何度もあったので、それほど気になりませんでした」

「うむ。それで帰ってきたのはいつ頃だった」

「明け方でした。徐々に明るくなってきた頃ですから、七つ半（午前五時）頃だったと思います。先生は憔悴した顔で帰ってこられて、暫く様子がおかしかったのです。話しかけても何もお答えにならず、目も虚ろで、心配になりました」

「それで、先生はどこへ行っていたんだ」

「どちらへ行かれたんですかと訊ねても、黙ったまま何もお答えになりませんでした。少し経って、再び訊ねましたら、うるさいと怒られました」

下女は溜息をつく。木暮たちは、弟子の道輔にも話を聞いた。道輔は、悠庵について、こう語った。

「私は熟睡していて、先生が出ていかれたことも帰ってこられたことも、知りませんでした。ただ、それから先生の様子がおかしかったのは、私が見ても明らかでした。印象に残っておりますのは、先生が『もしやたいへんなことになるかもしれない』とぶつぶつ呟きながら、本を食い入るように読んでいたことです」

「どんな本だった」

「鳥に関する本でした」

「鳥……か」

木暮と桂は顔を見合わせる。

「ほかに変わったことはなかったか」

木暮の問いに、下女は躊躇いつつ口を開いた。

「もしかしたら先生は、誰にも何も話すなと、口止めされていたのかもしれません。その代わりにと、金子を受け取っていらしたのではないかと思います。お内儀様が亡くなられて以来、先生は賭け事に嵌まっていらしたんです。先生は金子を必要となさっていました。はっきり仰らなかったけれど、借金もあるようでした。それゆえ、先生はあの晩どこかに連れていかれて金子を受け取り、その代わりにという約束は守って、どこへ行き何があったかを最後までお話しにならなかったのでしょう」

「そんな……あの先生が」

お紋は目を見開き、絶句してしまう。下女は寂しげに頷いた。

「先生は変わってしまわれていたのです。傍目にはそう見えなかったかもしれませんが、ここ数年、お酒の量も増えて、生活が荒れておりました。だから、そう遠くないうちに、いつかこんな日がくるのではないかと案じてはいたのです」

下女の話に、お紋は項垂れた。

――もしや私を診てくれた時には既に、悠庵先生は変わってしまっていたのだろうか――

複雑な思いが込み上げ、お紋の胸は痛んだ。

その帰り道、三人は話した。

「行き先を告げなかったのだから、こちらも足取りは摑めず、か。だが、夜更けなら木戸番が木戸を通したはずだから、熱心に聞き込めば分かるかもしれねえな。しかし、悠庵先生が殺められたのか事故に遭ったのか、まだはっきりしねえ。ならば、今はまだ、そこまでして行き先を突き止めることもねえか。調べの結果を待とう」

「ほかにやることが色々ありますからね。一つずつ順番に片づけていかないと」

木暮と桂は頷き合う。

「たいへんなことになるかもしれない……って先生が言っていたというのが気になるね」

お紋は溜息をついた。

木暮たちは豊島屋と毬代を熱心に見張り、忠吾と坪八は《美男番付》の小結・時次と前頭・音松を見張っていたが、何も異変はなかった。

そんな折、京橋の山王町で、長屋一棟が全焼してしまうという大火が起こった。長屋の店子と差配が全員焼死するという大惨事だ。火は広がり、周りの長屋も半焼の憂き目に遭った。ただ、周りの長屋では負傷者こそ出たものの、命だけは全員助かったのが幸いだった。

なんとも痛ましい話だが、さらなる衝撃が江戸っ子たちを襲う。

その付け火の下手人は……なんと、《美男番付》の大関に輝いた、米問屋の手代・光一郎だったのだ！

光一郎が油をばら撒いて付け火をした光景は複数の者に目撃されており、もはや疑いようがなかった。上申を受けた火盗改方与力の筒見主計が目撃者たちを連れて周辺を探ったところ、蠟燭を手に物陰に潜んでいる光一郎を発見した。目撃者たちが「付け火をしたのは確かにこの男だ」と口を揃えて証言したので、筒見が捕らえようとすると、光一郎は蠟燭を投げつけて暴れようした。錯乱が見受けられ、またどこかに火を付けかねないと判断した筒見は光一郎を追い詰め、斬り捨てた。斬られる直前、光一郎は「違う、違うんだ！」と叫んでいたという。

瓦版はこの事件を、《美男大関　一瞬にして転落するは　火の車》と書き立て、江戸っ子たちは貪るように読んだ。

火事の一報を受け、現場には木暮と桂も駆け付けていた。凄惨な現場を見て、二人は首を傾げたものだ。

「それにしても変だよな。長屋の全員が逃げ遅れて、焼け死ぬなんてことあり得るか？　長屋が全焼したとしても、誰か一人ぐらい生き残っていてもいいもんなんだが。現に、隣の長屋は半分焼けて怪我をした者こそいるが、全員どうにか逃げおおせたぜ」

「よほど炎が強かったのでしょうか。風はそれほど強くなかったですよね。……

もしくは、全焼した長屋の者たちは、逃げられない状態にされていたとか」

　木暮と桂は顔を見合わせる。

「眠り薬などを盛られて、眠らされていたとしたら、有り得るな」

「だとしたら、盛ったのは、光一郎だったということですよね。もう確かめることは出来ませんが」

「光一郎だったとして、いったい何のために、あの長屋を全焼させ、全員を焼死させなければならなかったのだろう」

「おかしな話ですよね」

「それに……気にならねえか、この臭い。撒いた油の臭いなのか？　やけに臭くねえか」

「ああ、私も気になっていました。なんでしょう、この臭いは。遺体の臭いとも違いますし」

　二人はいっそう首を傾げる。光一郎が、失踪してから付け火をするまで、いったいどこで何をしていたのかも謎であった。

　火事騒ぎがあって混乱している隙に、《美男番付》小結の、経師屋の時次も消えてしまった。時次を見張っていた忠吾と坪八は、木暮たちに平謝りに謝った。

「どうやら時次は、あっしたちが見張っていることに気づいていたようなんです。それで撒くか撒かれるかって戦いになってきていて、仕事帰りに撒かれて見失ってしまうこともありやした。それでも夜更けには戻ってきていたんで安心していやしたが、ついにやられてしまいやした」

木暮は溜息をついた。

「まあ、仕方ねえよ。見張ってるっていっても四六時中へばりついているってのは、無理だからな。もしかしたら女とどこかにしけこんでるのかもしれねえし。お前ら言ってたじゃねえか。時次は女出入りが激しい、って」

「そうなんですわ！　いやもう、稀代のスケこましですわ、あやつは！　相当、女に恨み持たれてるんちゃいますぅ？」

坪八が出っ歯を剝くので、木暮は二人に、引き続き時次を探らせた。

坪八の推測どおり、時次に痛い目に遭わされた女たちは多いようだった。特に恨みを抱いていそうなのは、時次に憧れながらも全く相手にされなかった、お末というお針子だった。

お末が必死で書いた恋文を、時次は仲間たちに見せて大笑いし、お末の目の前で破り捨てたという。

「酷えことするなあ。そんな奴が美男番付の小結なんて、いってえどういうことだ！」

坪八の注進を聞き、木暮は憤った。


毎年、七月十三日から十五日のお盆の間も〈はないちもんめ〉は営業し、十六日の藪入りに休むことにしている。

しかしながら、毎年必ず十三日には迎え火を焚き、十五日には送り火を焚いて、多喜三と順也の霊を慈しむことは忘れなかった。

まだ暑さが厳しいこの時季、浅草寺のホオズキ市で目九蔵が買ってきたホオズキを店に飾り、はないちもんめたちはお客を迎えた。この時代に市で売られていたホオズキは橙色ではなく、薬にもなる青いものだった。青ホオズキは、子供の虫封じや女の癪に効くとされたのだ。

お盆には木暮たちもやってきたが、次から次に事件が起こり、四人とも浮かない顔だ。

お市は、カボスを搾った焼酎を出した。それを呑み、男たちはようやく頬を緩める。

「躰がかっと熱くなるな。暑い時季に呑む焼酎は、旨い」

「カボスを搾ると、爽やかな喉越しになって、実によいですね。つい呑み過ぎてしまいそうです」

「柚子もいいですが、カボスも堪りませんや。さっぱりと、焼酎に合いやすぜ」

「酢橘よりカボスのほうが、風味が柔らかい感じがしますな。焼酎の味を邪魔せえへんと、カボスの味も際立ってますわ！」

疲れた躰に、カボスを搾った焼酎は沁み渡るようで、男たちはあっという間に、ぐい呑みを空にする。すると、お紋が、薄く輪切りにしたカボスを持ってきた。

「搾るのもいいけどさ、焼酎にこれを浮かべて呑むと、いっそう美味しいよ。カボスがそれほど好評なら、是非やってみて」

「おおっ」と、男たちは歓喜の声を上げる。

輪切りにしたカボスを焼酎に浮かべると、いっそうそそる、涼しげな見た目となる。カボスの鮮やかな緑色の皮が、焼酎に映えるのだ。

「カボスはこの色がいいよな、なんとも爽やかで」

「カボスの風味が徐々に焼酎に滲んでいくので、ゆっくり味わいたいですね」

「すべてを忘れちまうような味ですぜ」

「まさに酔い痴れますわな」

酔いが少しずつ廻って、木暮たちの目尻は下がり始める。お市は団扇を扇ぎ、涼やかな風を彼らに送った。

お花が料理を運んできた。

「〝谷中生姜と胡瓜と厚揚げの甘酢炒め〟だ。焼酎に合うよ！」

皿を眺め、男たちは喉を鳴らす。お市は微笑んだ。

「お盆の間は精進料理なんです。お魚や獣肉はなしでも、板前が腕を揮いますので、どうぞ召し上がれ」

四人は早速箸を伸ばし、口いっぱいに頬張る。ゆっくりと嚙み締め、皆、満足げな笑みを浮かべた。

「この三つとも甘酢が合うよなあ。暑い時には甘酸っぱいものがほしくなるもんな」

「生姜と胡瓜の爽やかさに、厚揚げの脂っぽさが堪りませんね。いずれも艶やかな色合いで、それがまた、そそります」

「これは焼酎が進みますぜ。野菜のしゃきしゃきした歯応えと、厚揚げのもっちりした歯応えが相俟って、舌が蕩けますぜ」

「厚揚げって炒めますと、魚や獣肉に匹敵するほどの食い応えになりますな！　その二つがなくても、じゅうぶん楽しめますわ」

甘酢炒めはみるみるなくなり、お紋が次の料理を持ってきた。

「〝さやいんげんと高野豆腐の煮物〟だよ。素朴な味を堪能してね」

木暮はにやりと笑って箸を伸ばす。高野豆腐を頬張り、相好を崩した。

「旨えなあ。この素朴な味ってのがいいんだよ。嚙み締めるとよ、濃くもなく薄くもない、絶妙な旨みが、じゅわっと口に広がるんだ」

「こういう微妙な味を出すのって、難しいと思うんですよね。決め手は出汁なのでしょうか」

「そのようですね。このお料理には、板前は鰹節と昆布の合わせ出汁を使っております。薄味の高野豆腐には、合わせ出汁で味を染み込ませるようです」

桂の問いにお市が答えると、忠吾も納得した。

「だから、決して濃くはありやせんが、奥深い味になるんでやすね」

「高野豆腐にさやいんげんっちゅうのは、見た目もよろしいおますな！　彩り綺麗ですわ。こないに味が染みてまんのに、高野豆腐の色も濁ってまへん」

「淡口醤油を使っているからですわ。しっかり味付けをしたくて、かつ素材の色も大切にしたい時には、淡口醤油が重宝しますから」

淡口醤油といっても決して味が薄いのではなく、色が淡いということなのだ。

「こういうどこか懐かしい味が、男心をそそるんだ」

木暮たちはそんなことを言いつつ、〝高野豆腐とさやえんどうの煮物〟を綺麗に味わい尽くした。

お市に作ってもらったカボスを浮かべた焼酎を呑み、四人は目尻を垂らす。

「つい、ぐいぐい、いっちまうよなあ」

和んでいるところへ、お花が〆の料理を運んできた。

「〝紫葉漬けと茗荷と大葉の素麵〟だよ。素麵に紫葉漬けって、なかなか合うんだ。召し上がってみて」

紫葉漬けの色が利いている、彩りよい一品を眺め、木暮と桂は喉を鳴らした。

「暑い時に素麵ってのは最高だからなあ」

「七夕に続いて、お盆にも素麵を食べますからね」

お市は団扇を扇ぎながら、微笑んだ。

「素麺は、精霊馬（しょうりょううま）や精霊牛（しょうりょううし）の手綱（たづな）と考えられておりますね。紫葉漬けに使っている胡瓜と茄子は、割り箸などを刺して形代（かたしろ）に作れば、精霊馬と精霊牛になります」

「なるほど。この一品で、お盆に供（そな）えるものをすっかり味わえるってことだな」

木暮が納得する。

ちなみに精霊馬、精霊牛とはお盆のお供えものであり、故人があの世からこの世へ来る時に乗るのが精霊馬、この世からあの世へ戻る時に乗るのが精霊牛といわれる。精霊馬と精霊牛の違いには、故人を待つ者たちの思いが込められている。故人が来る時は早く来てほしいので、乗り物は馬。戻る時はゆっくり戻ってほしいので、乗り物は牛ということだ。

男たちは素麺を啜り、穏やかな笑みを浮かべた。

「これ、いい味だなあ。さっぱりして、つるつると、いくらでも入っちまいそうだ」

「汁がまた旨い！　胡麻油も少し入ってますね。それがなんとも芳ばしい」

「紫葉漬けってホントに素麺に合いやすね。つるつる、こりこり、堪りませんや。この赤紫蘇の味が素麺によく絡んでいやす」

「大葉もええ味出してますわ。紫葉漬けと茗荷と大葉なら、旨くない訳がありまへん！　これなら暑くて食欲ない時も、するっといけそうですわ」

男たちは音を立て、夢中で素麺を啜る。

紫葉漬けと茗荷と大葉を刻んで、汁と少々の胡麻油とともに、素麺に絡ませれば出来上がり。旬の野菜を上手に摂れて、胃ノ腑も喜ぶ一品だ。

木暮たちはあっという間に平らげ、満足げにお腹をさすった。

「これでまた明日から頑張ろうという気になりますね。少々気落ちしていましたが」

桂は苦笑いで焼酎を啜る。お市はやんわりと訊ねた。

「あら、お仕事のことですか」

「ええ……。あれだけ注意していましたのに、《美男番付》に載った者がまた一人いなくなってしまったのですから、これはやり切れません。大関の光一郎は付け火の下手人として斬られてしまいましたし、関脇の金彌の行方は未だに杳として知れず、小結の時次まで。いったいどうなってしまっているのか」

溜息をつく桂に、忠吾と坪八は背筋を正して頭を下げた。

「時次を見失ってしまって、本当に申し訳ありませんでした」

木暮は苦笑いで眉を掻く。

「済んじまったことだ、今更謝らなくてもいいぜ。なに時次ってのは、遅かれ早かれ、お前らの目を盗んで、どこかにふらりといっちまってただろうよ。撒くか撒かれるかの戦いだったっていうからな」

「へえ、そうだったんですわ。時次は誰かに連れ去られたっちゅう訳ではなくて、自らどこかに行ってしまったんやと思われますわ」

坪八の言葉に、忠吾も頷く。

「ってことは、光一郎と金彌も、勾引かされたといったようなことではなくて、てめえでふらりとどこかに行っちまったってことなんでしょうか」

「うむ。そうだろう。三人ともいい大人だからな。連れ去られたって訳じゃねえだろうな。自分から消えちまったからこそ、なかなか見つけられねえのかもしれねえ」

「どこへ行ってしまったんでしょう。共通しているのが《美男番付》ゆえに、豊島屋と毬代を張ってはおりますが、なかなか尻尾を出しませんし」

「まったく動きがねえもんな。時次と会っているような気配もなかったし。どうなってんだろうな」

木暮が頭を抱えていると、店も終いの刻となり、ほかのお客たちを送り出したお紋とお花が料理を持ってやってきた。

「おおっ、こりゃまた珍しい食いもんじゃねえか」

木暮たちが目を瞠ったのは、〝蒟蒻の串揚げ〟だ。蒟蒻をキンピラ風に味付けし、串に刺して衣揚げにして、仄かに甘い味噌ダレをつけて食べる。手軽に頰張れる、酒のつまみにぴったりの一品だ。

「蒟蒻を揚げるとこんなに旨えのか、おい！」

「さくさく、もちもちして、歯応えもいいですねえ」

「日九蔵さんは本当に凄いですぜ！　蒟蒻までこんなに変えてしまうなんて、手妻師（手品師）ですぜ！」

「親分、喉に詰まらせせんと気いつけて！　わても貪り食って前歯に串が刺さらんよう気いつけますさかい！」

いつものように皆で料理を味わい、酒を啜って、喧々諤々と夜は更ける。消えた美男たちの話を聞き、お紋は眉根を寄せた。

「亡くなった光一郎ってのは二人の女を天秤にかけつつ、平然と〈藤浪屋〉の入り婿になろうとしてたってことか。金彌は後輩をいびり抜く性悪で、時次はもらった恋文を他人に見せて笑っているような女たらしか。そんなのが番付の上位三名とはね」

お市も溜息をついた。

「なんだかその三人、揃いも揃ってろくな者じゃないわね。自ら美男に名乗り出るような男に、まともな者はいないってことかしら」

木暮は蒟蒻の串揚げを齧りつつ、薄笑みを浮かべた。

「でもよ、女将だって結局は見た目がいい男が好きなんだろ？」

「そんなことないわよ。結局は心でしょ」

「じゃあ、見た目が悪くて心がよい男と、見た目がよくて心もよい男、どちらがいいかい？」

「それなら……どちらもいいんじゃない」

「どちらか決めろって言われたら？」

お市は木暮を軽く睨んだ。

「より心がよいほうよ。女に意地悪な質問をするような人は駄目」

「そりゃそうだよな」

木暮は弱々しく笑う。お花は興味深そうに二人の様子を窺いつつ、口を挟んだ。

「毬代って女は、時次とは何も関係ないのかな？　時次に番付に応募するよう勧めたのも毬代だとしたら、ますますあの女は臭いね」

忠吾と坪八はともに腕を組み、答える。

「ずっと張ってやしたが、時次のもとに来る女たちの中には毬代はいやせんでした」

「時次が会いにいく女の中にも、毬代の姿はなかったですわ。でも、まあ、撒かれたことは何度もありましたさかい、その時、どこかで会っていたかもしれまへんが」

決まり悪そうに、坪八が頭を搔く。

「うむ。それはあるかもしれねえな。最近は会っていなくとも、番付が決まる前は会っていたかもしれねえし。忠吾、坪八、そのあたりをもう一度探ってみてくれ」

「かしこまりやした」

木暮に命じられ、忠吾と坪八は大きく頷く。お花が口を挟んだ。

「もしや毬代は勧めただけで事件に関わっていなくて、案外、その三人に恨みを持っている者たちが共謀してやってるってことはないかな？　おびき出して、どこかに閉じ込めてるとか」

「恨みを持つ者というと、光一郎なら天秤にかけてたお涼とお純、金彌なら後輩の銀治、時次なら恋文を笑われたお末ってことか？」

「うん。力を合わせれば復讐出来ると思ったとか。もしやその裏に、黒幕がいるかもしれないけれど」

「そうか。誰か裏で知恵を出している者がいれば、その連中でも出来ないことはないか……」

木暮は顎をさする。

「常々頭にきていたところへ、《美男番付》なんかに載っていい気になっているのを見て、陥れてやろうと思ったのかもね。人の恨みってのは怖いさ」

お紋が言うと、桂も頷いた。

「金彌の後輩の銀治の目には、ぞっとするような険がありましたからね。あの三人に痛めつけられた者たちからも、目は離さないほうがいいでしょう」

「悪いことってするものではないわね。いつか自分に跳ね返ってきてしまいそう」

お市は団扇をゆっくりと扇ぐ。

木暮は店に飾られたホオズキを見やり、焼酎を啜った。カボスの味が滲み過ぎたのか、やけに酸っぱく感じられて、木暮は眉根を微かに寄せた。

熱心に調べていくうちに、時次に《美男番付》に立候補するよう勧めたのも毬代だということが分かった。

時次はなかなか帰ってこず、やはり事件性が濃くなってきた。だが足取りは摑めず、木暮たちは苛立つ。木暮は桂に言った。

「これだけ色々訊ねて歩いても、あいつらが消えてからの姿を見た者がいないということは、やはりどこかに閉じ込められているのだろうか」

「自ら隠れているということも考えられますが、閉じ込められていると見るほうが妥当(だとう)でしょうね」

「どこか遠いところに運ばれちまったのかな？　だが、光一郎は江戸にいたようだから、やはり江戸のどこかにいるんだろうな」

「あの時、光一郎を斬らずに捕えていれば、話を聞けたのですが」

「火盗改方は気が荒い者が多いからなあ。まあ、仕方ねえよ。蠟燭振り回して暴れようとしたみてえだからな」

二人は溜息をつき、眉根を寄せた。

「でもよ、光一郎は、付け火をした後、どうして近くに隠れていたんだろうな。あの時刻なら木戸は開いていたから、逃げちまおうと思えば逃げられたんじゃねえか？」

「そう言われてみれば、そうですね。考えられますのは……自分がしたことが急に恐ろしくなって、足が竦んでしまって逃げられず、落ち着くまで暗所に身を潜めていようと思ったとか」

「うむ。そういうことか。……でも、身を潜めるつもりなら、わざわざ蠟燭を灯さねえんじゃねえか？　光一郎は火の灯った蠟燭を持っていたという話だ。それなら闇に潜んでいても、分かっちまうよな」

「火盗改方与力の筒見様は、それを見て、また付け火をしようとしていると判断して、斬られたということです」

「やはり、そういうことなのか……」

木暮は顎をさすった。

木暮たちは、失踪したのが揃いも揃って美男ということで、陰間(かげま)茶屋を調べてみることにした。それでもまだ手がかりは摑めない。

「陰間茶屋を当たってみてもなかなか見つからないとなると、いったいどこなのでしょう」

「美男に目をつけた誰かが無理やり陰間に売っちまったかと思ったが、手応(てごた)えねえよなあ。陰間茶屋を一軒一軒あたるのもてえへんだから、忠吾と坪八にも手伝ってもらうか」

木暮は顔を顰めて小鬢(こびん)を掻いた。

長屋の付け火の一件は解決したように思われたが、木暮と桂はどうも腑に落ちず、再び現場に向かい、探ってみた。

付け火は火盗改方の受け持ちとなるが、下手人が光一郎だったということで、木暮たちは放っておけないような気がしたのだ。

近所の住人たちに話を聞いてみると、焼け跡となってしまった土地は、どうやら廻船問屋(かいせんどんや)〈伏見屋(ふしみや)〉が所有しているものらしいということが分かった。半焼した長屋は、建て直しを始めている。木暮は、近所のおかみさんたちに訊ねてみた。

「焼け跡には、また長屋を作るのだろうか」

するとおかみさんたちは答えた。

「それが、どうやら出合茶屋みたいな怪しげな遊び場を建てるんじゃないかって噂で、そんなのが出来たら嫌だねえって皆で話してたんですよ」

「出合茶屋ならまだしも、廓みたいのが出来たら、父ちゃんたちだって気が気じゃないだろうしね。迷惑だよねえ、本当に」

確かに焼け跡は、そのようなものを作れるほどの広さがある。土地の所有者である〈伏見屋〉は、長屋の次は遊び場を作って、金儲けをしようとしているらしかった。

また、〈伏見屋〉は長屋の住人たちに立ち退きを要求していたものの、皆なかなか出ていかなかったということも分かった。

それらの話を聞き、木暮は思い出した。

二月前にも上野で火事が起き、その跡地に居酒屋が作られたということを。美女の酌婦を何人も置いた、いわゆるいかがわしい店で、繁盛しているらしい。

木暮と桂は推測した。

「上野のあの土地も、確か〈伏見屋〉のものだったんじゃねえかな。とすると……」

「どちらも立ち退きを要求したのになかなか出ていかなかったので、無理やり焼き払ってしまったということでしょうか。しかし、二月前の火事の時は、焼死した者は二、三人で、殆ど助かりましたよね。今度はどうして全員焼け死んでしまったんでしょう」

「うむ。そこが引っかかるんだよな。どうしてだったんだろう」

木暮と桂は顔を見合わせる。

「それはともかく、〈伏見屋〉を探ってみる必要がありますね」

「光一郎がどう関わっていたのかも気になるものな」

二人は頷き合った。

第三話　素麵(そうめん)が奏(かな)でる味

一

一方、悠庵の死が気になって仕方がないお紋は庄平と一緒に、密かに探り始めた。

「木暮の旦那たちは《美男番付》の連中のことで忙しいみたいだから、こっちは後回しになっているんだ。旦那も当てにならないみたいだから、力添えしてくれるかい」

「ほかならぬお紋ちゃんの頼みだ、当然じゃねえか。それに……お紋ちゃんを診た医者が不審な死を遂げたといえば、俺だって気になるからな」

庄平は二つ返事で引き受けた。

四日市町の診療所を始めとして、夜中に呼び出された悠庵の足取りを、探っていく。木戸番を一つ一つあたり、訊ねて回ったのだ。

「七夕の少し前、九つ頃にお医者の先生が通らなかったかい」と。

熱心な聞き込みの甲斐あって、悠庵が向かった先のだいたいの方角は摑めてきた。

お紋たちは四日市町から、〈はないちもんめ〉がある北紺屋町のほうへと戻り、中ノ橋を渡って、京橋へと入った。そして南八丁堀町を通り、三十三間堀川沿いに木挽町を歩いていく。このあたりには、町の名のとおり、木挽き職人が多く住んでいる。

木戸番に訊ね訊ね、歩を進める。木挽橋を渡り、三十間堀六丁目あたりに出ると、さすがに疲れてお腹も空いてきた。

「結構歩いたね。悠庵先生は駕籠に乗って通っていったみたいだけれど」

「先生を呼びにきた男も駕籠に乗っていたようだな。姿をあまり見せたくなかったのかね」

「でもさ、このあたりなら、もっと近くの医者を呼べばよかったんじゃないかね？　どうして四日市町の医者を選んだんだろう」

庄平は腕を組み、勘を働かせる。

「考えられるのは、悠庵先生のことを前から知っていた、前にも診てもらったことがある、ってことだよな。もしくは……先生が金子に困っていたというなら、そのことを知っていて、金子を払いさえすれば多少無理なことでも引き受けてくれると踏んだか、だよな」

「そうだよね。やはり、先生の状況を知っていたのかもしれないね、その者は。先生を訪ねた時に、多く払うから、と掛け合ったんだろうよ」

すると、どこからか食欲を誘ういい匂いが漂ってきて、お紋と庄平は鼻を動かした。

「あれは……屋台蕎麦(そば)の匂いだね」

「一休みするか」

二人は微笑(ほほえ)み合う。周りを見回し屋台を見つけ、二人は床几(しょうぎ)に腰かけた。

「いらっしゃいませ」

澄んだ声で迎えられ、お紋は「あっ」と叫んで目を瞠(みは)った。

「あんた、お弓(ゆみ)さんじゃない！　徳之助(とくのすけ)さんも！　久しぶり、元気そうだねえ」

お弓と徳之助も目を見開く。

「まあ、お紋さん、お久しぶりです。その節(せつ)はありがとうございました」

「いやあ、これは嬉(うれ)しい再会だな。大女将こそお元気そうで、何よりです。……えっと、こちらは新しい御亭主ですか？」

徳之助に訊ねられ、お紋は耳まで紅潮(こうちょう)させる。

「ち、違うよ！　仲よくさせてもらってるけれどね。庄平さんです」

「いずれ本当に亭主になるかもしれませんので、ひとつよろしく」

庄平がおどけると、徳之助とお弓は笑いを弾けさせたが、お紋はいっそう真っ赤になってうつむいた。

お紋はこの二人と、昨年の秋の事件で知り合ったのだ。

徳之助とお弓は、それぞれ辛(つら)い目に遭ったが、それを乗り越え、夫婦(めおと)となって新しい人生を歩んでいる。相変わらず徳之助は精悍(せいかん)で、お弓は楚々(そそ)として美しい。二人からは翳(かげ)りが消え、穏やかな明るさに包まれていて、お紋はとても嬉しく思った。

目九蔵が料理に活用している豆板醤(とうばんじゃん)は、何を隠そう、このお弓に教えてもらったのだ。

徳之助とお弓は屋台蕎麦で頑張り、店を開く資金を貯めているという。仕事は順調のようだった。

「忙しさにかまけて、なかなか御挨拶に伺えず、申し訳ありませんでした」

二人に頭を下げられ、お紋は慌てた。

「こちらこそ、あんたたちのことがずっと気になっていたのに、放っておいてすまなかったよ。楽しくやってるみたいで、安心したさ。ほら、再会を祝して、一杯だけ、どう？」

　お紋が盃を傾ける仕草をすると、庄平は顔をくしゃっとさせて笑った。

「いいねえ、お紋ちゃん！　午下がりに一杯だけきゅっとやるのは、最高だぜ」

「ほら、あんたたちも！」

「これは、ありがとうございます」

　そして四人は盃を合わせ、午下がりの酒をほんの少し楽しんだ。

　ふぅと息をつき、お紋は微睡むように目を細める。

「まだ暑さが残るこの季節に、いいねえ、こういうのも」

「空きっ腹に酒ってのもなんだから、そろそろ蕎麦でもお願いするぜ」

「お任せでよろしいですか」

　お弓に訊ねられ、お紋と庄平は笑顔で頷いた。

　少し待たされ、出されたのは、〝ピリリと辛いつけ蕎麦〟だった。ざる蕎麦のように汁につけて食べるのだが、その汁に豆板醤が利いている。鰹節から取った出汁と、酒、味醂、醤油、豆板醤そして白胡麻を合わせて作る汁は絶品で、それに刻んだ分葱がたっぷり入っているのだから、もう堪らない。

「これ美味しいねえ。汁がいいから、薬味は分葱だけでじゅうぶんだ。いくらでも食べられるよ」

「豆板醤っていうのは、ただ辛いだけじゃなくて、深みがある辛さだな。コクがあるのは、熟成させているからか。蕎麦には一味唐辛子や七味唐辛子っていう思い込みを、吹き飛ばしてくれるなあ。蕎麦に豆板醤、実に乙だぜ」

「またこの白胡麻がいいんだよね」

「暑い時は、躰が欲しがるんだよな、こういう辛いのを。旨さもひとしおだ」

　二人は額に汗を浮かべ、蕎麦を手繰る。お弓は冷やした水を出してくれた。つけ蕎麦を一枚ぺろりと平らげ、お紋と庄平は満足げにお腹をさする。水をゆっくりと味わう二人に、徳之助が訊ねた。

「今日はこのあたりに何か御用だったたんですか」

「お世話になったお医者の先生が、川で溺れて亡くなってしまってね。お酒はだいぶ呑んでいたみたいだけれど……どうやら不審な点があって、なんでもいいから情報がほしくて探っているんだよ」

「世知辛い世の中ですね」

　徳之助とお弓は眉根を寄せる。

「そういえば」と徳之助は続けた。

「先日、付け火で、長屋の住人全員が焼け死んでしまったことがありましたよね。あの長屋、この先を少し行ったところなんですよ」

「あの事件も痛ましかったです」

お弓はうつむく。お紋は目を瞬かせた。

「え？　あの長屋って、この近くなんだ」

「ええ。ここを真っすぐいって、左に折れれば、山王町です」

徳之助が指を差すほうを、お紋と庄平は思わず見やる。

「俺たち、このあたりをよく回っているんで、あの長屋の皆さんもよく食べにきてくれていたんです」

「だからもう吃驚してしまって」

「そうなんだ。そりゃ驚くし、悲しいよねえ。……それで長屋の皆さん、生前、何か愚痴をこぼしたりしていなかったかい？　立ち退きを要求されているとか」

「ああ、そんなことも言ってましたが、それほど怒っているという印象は受けなかったですね。まあ、困ってはいたようでしたが」

徳之助が答えると、お弓も続けた。

「長屋の皆さん、とても仲がよかったんです。それもあって、出ていきたくなかったのでしょう。それなのに、あんなことになってしまって本当にお気の毒で……」

「火事が起きる数日前にも食べにきてくれましてね。そういえば長屋の皆で烏鍋をした、って話していました」

「なに、烏鍋？　烏を食べたってのかい？」お紋は目を見開く。

「ええ、俺も驚いたんですが、なかなか旨かったと言ってましたよ。このあたり、烏が多いんです」

「鶏とたいして変わらない、なんて仰ってました」

「でも俺たちは食べる気にはならないよな」

徳之助の言葉に、お弓は大きく頷いた。

「烏か……」

二人の話を聞きながら、お紋は呟きを繰り返した。悠庵が夜中に呼び出されて帰ってきた後、様子が変で烏に関する本を食い入るように読んでいたということを、思い出したのだ。

お腹が満たされたお紋と庄平は立ち上がった。

「どうも御馳走様。本当に美味しかったよ。また来るね」

「ありがとうございます。励みになります」

「私たちもお店にお伺いしますね。お会い出来て嬉しかったです」

お紋と庄平は笑顔で屋台を離れ、悠庵の足取りを再び追いかけた。すると……山王町の木戸を通ったところで途絶えていた。ここから先には動いていないということになる。

悠庵はあの晩、山王町のどこかに留まっていたのだろうと察せられた。


その夜〈はないちもんめ〉を訪れた木暮と桂に、お紋は徳之助たちから聞いたこと、庄平と一緒に探ったことを話してみた。

「もしや悠庵先生が呼び出されて診察にいったのは、あの山王町の長屋だったんじゃないかな。その烏鍋が原因で、具合が悪くなった人がいたのかもしれないよ」

「皆で食べたんだったら、もしや全員がおかしくなったのかな。とすると、お医者を呼びに来たのは誰だったんだろう」

首を傾げるお花に、木暮が答えた。

「うむ。長屋の持ち主である、廻船問屋〈伏見屋〉の使いじゃねえかな。あの夜、住民に再度立ち退きを命じに長屋に行ってみたら、皆がおかしくなっていて、それで慌てて医者を呼びにいったとか」

「鳥って雑食よね。あんな鳥を食べたら、変な病気になりそうだわ」

お市は顔を顰める。

木暮は顎をさすりつつ、考えた。

「悠庵先生は、何かたいへんなことになるかもしれない、と言っていたという。呼ばれて長屋に行ってみたところ、皆の病状が思いのほか酷かったのかもしれねえな。医者の勘で、もしや疫病になって広がるとでも思ったのかもしれねえ」

「疫病……」

はないちもんめたちは息を吞む。木暮は苦み切った顔つきで、続けた。

「呼びにきた使いの者も、ただごとではない気配を感じて、口止め料のようなものを払ったんだろう。賭け事に嵌まって金子が必要だった先生は、それを受け取り、約束を守った。だが、酔った勢いなどで、もしやうっかり口を滑らすかもしれねえ。そのことを懸念され、消されてしまったか……」

「おかしな病が出たっていったら、長屋の印象が悪くなってしまって、今後、借り手がつかなくなるかもしれないものね。長屋を壊してしまって更地にしたとしても、土地の値段は下がるだろうし」

お市が推測すると、お花も口を出す。

「そういう噂って広まるだろうから、その一帯に人が寄りつかなくなる恐れはあるよね。変な病の発祥地っていったら、怖いもん。再び長屋を建てたとしても借り手はなく、店を建てたとしても誰も来ないかもしれない」

「すると、廻船問屋の〈伏見屋〉は大損してしまうことになるね。土地を売るにも値段は下がるだろうし、買い手がつくかも分からない」

お紋も考えを巡らせる。木暮は腕を組んだ。

「長屋の住人全員が異様な病に罹った、などという噂が広まる前に、すべてを消しちまうつもりだったのかもな。長屋を焼き払っちまえば、更地にも出来るし、罹患した住人たちも一気に消すことが出来る。嫌な言い方だが、一挙で両得だったんだろう」

「疫病の隠蔽ってことですね。土地に傷がつかないように。それで病に効く薬だと偽って眠り薬を渡し、皆がぐっすり眠りこんだ隙に、火を付けたのでしょうか」

桂の推測を聞きながら、木暮は顎をさする。

「うむ。薬を盛ったとも考えられるが、もしや全員、まさに身動き出来ないほどの病状だったってことも有り得るんじゃねえか？　全員がそういう状態のところに、火を放ったと」

「それならもっと恐ろしいじゃないか！　眠らせてくれたほうが、まだ楽に逝けるよ」

お紋は顔を顰める。お市は首を少し傾げた。

「いずれにしろ、火を付けたのは光一郎だったのよね。ということは、光一郎は〈伏見屋〉に使われていたということなのかしら？」

「そこなんだ。光一郎と〈伏見屋〉にどういう繫がりがあるのか」

木暮は唸る。

「豊島屋と毬代というのは、どうやら当てが外れたかもしれませんね。見張ってますが何も変化が見られません。二人とも遊びに出かけたりしていますが、事件に関係しているような動きはありません」

桂も首を傾げる。

「しかし油断は出来ねえ。もしや〈伏見屋〉と〈豊島屋〉が組んでいるかもしれねえからな」

皆で喧々諤々と推測していると、目九蔵が料理を運んできた。

「大女将が徳之助さんとお弓さんに再会されたということで、〝鰯餃子〟を作ってみましたわ。召し上がってください」

こんがりと焼き色のついた餃子に、木暮たちとはないちもんめは、舌なめずりする。

この時代、餃子は既に日本に伝わっていた。安永七年（一七七八）に刊行された『卓子調烹方』という本には、その作り方が簡潔にだが明記されている。『小麦粉で作った皮で、具を包み、胡麻油で焼く。具に使うものは、色々見合わせて作る』と。

ちなみに初めて日本で餃子を食べたのは水戸黄門として知られる徳川光圀だと言われている。だがこの頃、呼び方はまだ〝ぎょうざ〟ではなく原語に近い〝ちゃおつ〟だった。

皆、早速〝鰯餃子〟に箸を伸ばして頰張り、うっとりとした。

「嚙み締めるとよ、細かく混ざり合った具の旨みがじゅわっと口の中に広がって、堪らんな」

木暮は目を細め、桂は唸る。

「鰯、分葱、大葉、大蒜、生姜。これらが合わさると、旨いですねえ。鰯の臭みもまったくありません。この皮と一緒に食べるから、またいいんですよね」

「目九蔵さん、一口大に作ってくれるから、食べやすいわ。餃子に獣肉を使わなくても、鰯でじゅうぶん美味しい！　脂が乗ってて、旨みがあるもの」

お市が感嘆すると、お紋も頷く。

「私は鰯で作ったほうが好きかもしれないよ。気軽に食べられるしね。具の味付けは醬油ぐらいかな。それでも、それぞれの食材自体がいいから、じゅうぶんな味になるね。この脂っぽさが、いいんだ。元気が出るよ」

「あたいも、この餃子、好きだあ！　皮がいいんだよねえ。胡麻油で焼くと、本当に芳ばしくてさ。軟らかくて、鰯と野菜の旨みたっぷり。もう、癖になっちまう」

至福の表情で〝鰯餃子〟を頰張る皆を眺め、目九蔵も笑みを浮かべる。殺伐とした事件のことを暫し忘れ、木暮と桂は舌鼓を打った。

二

両国の広小路には怪しげで猥雑な小屋がいくつも建ち並び、連日賑わいを見せている。その中の一つ〈玉ノ井座〉は、お光太夫の軽業芸を観ようと押しかけた人々で、ひしめき合っていた。文月下旬、まだまだ暑さが残る頃、人々は胸元をはだけ、団扇を扇ぎながら、舞台を楽しむ。

口上、謡い、踊り、狂言もどき、落語と続き、ついにお光太夫の登場だ。暑い小屋の中、熱気はますます渦巻いていく。

お光太夫が舞台に現れると、観客たちから歓声が上がった。お光太夫は、海のように鮮やかな青い上着と軽衫を身に纏い、長い髪を頭頂で束ねて後ろに垂らしている。お光太夫はすっくと立ち、観客たちに向かって微笑んだ。

「おおっ、今日はまた一段とカッコいいな」

「お光太夫、眩しいぜ！」

「なんだか女海賊みたいね」

観客たちは沸き立っていく。

お光太夫は、まずはくるりととんぼ返りをして、観客たちの心を摑む。舞台の上手（かみて）から下手（しもて）へとんぼ返りをして進み、下手から上手に後ろ向きにとんぼ返りしながら戻る。その鮮やかさに、観客たちは大喜びだ。

舞台狭しとお光太夫が飛び跳ねていると、袖から大きな玉が転がってきた。お光太夫はそれにぴょんと飛び乗り、仁王立（におうだ）ちで胸を張る。その勇ましい姿に、

「いよっ、お光太夫！」

と歓声が飛んだ。

お光太夫は、三味線や尺八（しゃくはち）の音色に合わせて、玉を転がし始めた。お光太夫お得意の玉乗り芸だ。大きな玉に乗って舞台を転がるお光太夫に、皆、感嘆する。

「よく滑らねえよな。ひやひやするぜ」

「躰の平衡（へいこう）が全然崩れないのよね。見事だわ」

すると、またもう一つ、大きな玉が現れた。それには男が乗っている。細長い男は、深緑色の上着と軽衫を身に着け、なんとはなしに山賊を彷彿（ほうふつ）とさせる。

男は玉に乗って、「待て！」と叫びながら、お光太夫を追い回し始めた。

お光太夫は捕まるもんかと、玉を転がし逃げまどう。

海賊のような女と、山賊のような男が、玉乗りしながら追いつ追われつ、舞台を転げ回る。その様は迫力がありながらもどこか滑稽で、観客たちは大いに沸いた。

「おい、長作！　お光太夫を捕まえちまえ！」

「お光太夫、逃げろ、逃げろ！」

「あの二人、いつも面白いわねえ」

細長い男は長作といい、この一座の座長の息子である。お光太夫とは息が合っていて、今日も絶妙な距離を取って、玉を転がしていく。

「待ちやがれ！」と長作が追うも、お光太夫は決して捕まらない。すると……舞台の上から鞦韆（ぶらんこ）が下りてきて、お光太夫は飛び上がってそれに摑まった。

鞦韆はするすると上がっていく。お光太夫に逃げられた長作は悔しい顔で、舞台の袖に引っ込んだ。

鞦韆は舞台から一丈（約三メートル）ほどのところで止まった。お光太夫は鞦韆に摑まったまま躰を前後に揺さぶり、弾みをつけて、十八番の大回転を始めた。

「うわあ、今日は一段と鮮やかだなあ！」

「目が覚めるような青い衣装だから、よけいに映えるわね」

「いつ見ても凄えなあ。宙を舞っているようだぜ」

観客たちは手に汗を握って、お光太夫の大回転に見惚れる。二十回ほど連続して前向きに回転すると、今度は後ろ向きに連続して回転する。宙を泳いでいるようなお光太夫の姿に、観客たちは熱狂した。

するともう一つ鞦韆が下りてきた。お光太夫は鞦韆を摑んだまま躰を揺さぶってさらに弾みをつけ、もう一つの鞦韆に飛び移った。

「うわあぁっ」

宙を飛ぶのはさすがに見ているほうも恐ろしく、観客たちから悲鳴が上がる。しかしお光太夫は平然としたもので、飛び移った鞦韆を揺さぶって弾みをつけ、再びもとの鞦韆へと飛び移る。

「凄えよ、鳥みてえだ！」

「まさに青い鳥だわ、素敵」

「お光太夫、やっぱり日本一！」

宙を飛ぶお光太夫に、観客たちは歓喜する。お光太夫は余裕の笑みを浮かべ、またも鞦韆を飛び移ろうとした。

その時。鞦韆を摑もうとして、お光太夫の手が滑った。

――え？――

お光太夫の背筋に冷たいものが走る。お光太夫の躰は、落下していった。

「きゃあああっ」

凄まじい悲鳴が起きる。観客たちは思わず両手で顔を覆(おお)った。

その時、舞台の袖から転がり出た者がいた。長作(ちょうさく)だ。

間一髪のところで、長作はお光太夫を受け止めた。ずしん、という音が響き、観客たちが恐る恐る指の隙間から舞台を見ると、お光太夫は長作の逞(たくま)しい腕に抱きかかえられていた。

お光太夫は長作の腕の中で、茫然(ぼうぜん)としながら震えている。長作はお光太夫に微笑んで目配せすると、観客たちに向かって叫んだ。

「この女は俺がもらった！」

そして長作は、お光太夫を腕に抱えたまま、身を翻(ひるがえ)して舞台の袖に引っ込んだ。

観客たちは唖然(あぜん)とした後で、騒然となった。

「なんだ、あれ演出だったのか？　わざと滑ったってことか」

「失敗じゃなかったのね。ひやりとさせた後で、長作が受け止めることになってたのよ！」

「あの二人……なんだか怪しいじゃねえか」

「なんだ、長作の最後の台詞。俺がもらった、って」

「デキてんじゃねえの、あいつら！」

観客たちは団扇を大いに扇ぎつつ、下衆の勘繰りを働かせ、喧々諤々と騒々しい。お光太夫と長作のおかげで、誰もがかっかと熱くなったのは確かだった。

お光太夫は楽屋で着替えながら、溜息をついた。

――初めて失敗しちまった。あたいとしたことが。……長作どんが助けてくれなかったら、あたい、今頃――

最悪のことを考え、お光太夫はぞっとした。

このお光太夫、誰あろうお花である。店が休みの日は、こうして小屋に出て、軽業の芸を見せているのだ。いわば副業で、初めは小遣い稼ぎのつもりだったが、近頃では舞台に立つのが喜びとなっていた。

舞台用の濃い化粧をして、様々な衣装を身に着け、お光太夫に化けて思い切った芸をすると、気分が晴れるからだ。

──でも、こういうことがあると、少し臆病になっちまうかもな──

お花は鏡を見ながら、頬にそっと手を当てた。

小屋を出る前、お花は長作に丁寧に頭を下げ、礼を言った。

「長作どんのおかげで助かったよ。本当にありがとう。迷惑かけちゃって、ごめんね」

「いいってことよ！　よかったよ、お花ちゃんが無事で。怪我はなかっただろ？」

「うん、かすり傷一つないよ。何度でも言うね、ありがとう長作どん」

「気にすんなって。……お花ちゃん、可愛かったぜ。いつも完璧だからさ。たまには失敗したっていいんだよ。その時はおいらが支えるから」

長作は笑顔でお花の肩を叩く。その日焼けした屈託のない笑顔を見て、お花はなぜだか、ドキッとした。

──や、やだ、あたいったら。幽斎さん以外の男にドキッとするなんて、どうしたんだろう──

お花は動揺しつつ、長作にもう一度深々と頭を下げ、小屋を出た。

――少し頭を冷やそう――

そんなことを考えながら、お花はお滝が出ている小屋へと向かった。それほど離れていない、〈風鈴座〉だ。お滝はそこで、黒猫を操る芸を見せているのだ。

お花より六つ年上のお滝は、婀娜っぽさと美貌が相俟って、両国界隈では人気者である。凄艶ともいうべき色香に溢れているのに、決して男に媚びず、凜としているお滝は、お花の憧れの女だ。お花はお滝を「姐さん」と呼んで慕っていた。

〈風鈴座〉はお滝目当てのお客たちで賑わっていたが、このところお滝のほかにも話題になっている芸人がいる。

前田虎王丸という、力自慢の、忠吾以上の大男だ。元力士の虎王丸は、米俵をお手玉の如く扱ったり、男五人が載った戸板を軽々と頭上に持ち上げることが出来る。

男十人でかかっていっても次々に投げ飛ばし、時には四、五人纏めて放り投げる怪力ぶりに、お客たちは大喝采だ。

「俺がこんなに強いのも、当たり前だの虎王丸だあ！」

という決め台詞も相俟って、前田虎王丸の名は両国に響き渡っていた。

お花はいつものようにお滝の芸を堪能した後、楽屋に挨拶にいった。そこでは虎王丸が、甲斐甲斐しくお滝の世話を焼いていた。お茶を出したり、煎餅を皿に盛ったり、煙草盆の吐月峰を叩いたりと。

舞台では荒くれの虎王丸だが、お滝の前では借りてきた猫のようにおとなしい。お滝は猫だけでなく、この虎王丸をも手なずけていて、用心棒にしているのだ。強面の虎王丸だが、お滝の言うことはなんでも聞くようで、つまりは忠実な下僕なのである。

――同じデカい男でも、忠吾の兄いは、おかま系。虎の兄いは、下僕系ってとこが、なにやら面白いな――

お花は、虎王丸に淹れてもらったお茶を飲み、出された煎餅を齧りながらほくそ笑む。お滝の妹分のお花にも、虎王丸は実に親切なのだ。長作を交えて、三人で〈はないちもんめ〉に食べにきてくれることもある。

「虎、ほら、最中もお花に出して」

「は、はい。気づかず、申し訳ありません」

お滝に命じられ、虎王丸はいそいそと最中を持ってくる。餡子がたっぷり詰まった最中を頬張り、お花は目尻を垂らした。

居心地がよくてつい長居してしまい、お花が〈風鈴座〉を出たのは六つ（午後六時）近くだった。この時季なのでまだ明るい。

――これぐらいの刻のほうが、幽斎さんに占いを視てもらうのも、あまり待たなくていいんだよな――

お花は幽斎の占い処を目指して薬研堀のほうへ向かうも、その途中、ある看板の前でふと足を止めた。

その看板には、謳い文句とともに、貫壱の妹であるお通の似顔絵が描かれていた。

《盲目の美女・お通が奏でる魅惑の三味線》

お通は、その三味線の音色が話題となり、この頃はこの界隈でも引っ張りだこなのだ。

――お通さんの三味線って、確かにいいんだよなあ。荒ぶる旋律の時も、なんかこう、切ないんだ。胸に響くっていうか、迫ってくるっていうか。強く弾いていても、しっとりと優しいんだよな――

お花にも、お通の三味線が見事なものだというのは、よく分かる。お滝もお通の三味線に惚れていて、こんなことを言っていた。

――いつか私の舞台でも弾いてほしい。

お通が三味線を弾いている小屋〈山海〉も、大入りのようだ。

――今度ゆっくり聴きにこよう――

そう思いながら看板を離れ、幽斎のところへ向かおうとして、お花は再び足を止めた。

まだ暑い中、黒い頭巾を被った男がふらふらと歩いているのが目に入ったのだ。黒い着流しを纏い、脇差を差している。夏祭りで見かけた男と、同じ者に思えた。


木暮と桂は廻船問屋〈伏見屋〉を見張り、探っていた。

大店の〈伏見屋〉は、身代としてかなりの土地を持っているようだ。金の力に任せ、土地を安く買って高額で転売するようなこともしていると分かった。

しかし、怪しげな動きは、まだ見られなかった。

そんな折、奉行所に、異様な文が投げ込まれた。

《美男、皆殺し。人を見た目で判断するは愚の骨頂なり。《美男番付》、愚かの極み》

不気味な文に、奉行所も騒然となった。木暮と桂は、文を食い入るように見た。

「ってことは、単に美男に恨みを抱いている者の犯行ってことも有り得るか？伏見屋や豊島屋は関係なく、そいつが男たちを連れ去って監禁してるってのか？」

「もしそうならば、薬でも使っておかしくさせて、付け火をさせたとも考えられますね」

これにより、疑いがかかる者が、また変わってきそうであった。

忠吾と坪八の調べにも進展があった。

「講談師の橋野川金彌ですが、いなくなる直前、黒頭巾を被った男と鳥越橋のあたりを一緒に歩いていたというのを目撃されておりやした」

「脇差を差して、黒い着流し姿だったそうですわ」

「うむ。どこぞの浪人だろうか」

木暮は顎をさする。桂が意見した。

「中間(ちゆうげん)ということも考えられませんか。この頃では鞘(さや)の中に竹光を入れ、刀に見せかけている者もおりますから」

「うむ。ほかには、有力な町人、旅行中の者、俠客(きようかく)、破落戸(ごろつき)なども考えられるな。脇差を差している可能性があるのは」

「黒頭巾の男、臭いやすぜ」

男たちは頷き合った。

その夜〈はないちもんめ〉を訪れた木暮と桂が黒頭巾の男の話をすると、お花が食いついてきた。

「あたいも見たんだよ、黒頭巾の男！　夏祭りの時に来てたよ。何も食べずに、一人でずっと舞台を眺めて、ぼんやり木にもたれかかっていたんだ。どことなく気味が悪かったから、気になっていたんだよね。やはり脇差を差してたよ」

木暮と桂は身を乗り出した。

「本当か？　祭りの時に来ていたんだな」

「うん。……この前、店が休みの日、両国にお滝姐さんの芸を観にいったんだけれど、その時も実は見たんだ。黒頭巾の男を。たぶん、というか絶対、同じ人だと思う」

「両国にもいたのか？　日本橋と両国は近いから、ならば、あのあたりに住んでいるのだろうか。……どんな男かもう少し詳しく聞かせてくれねえか。躰つきとかよ」

「あたいが見た時は、二度とも黒の着流しを着ていたけれど、着物越しに見れば、中肉の中背。ありふれた、ごく普通の躰つきだよ。特徴なのは、やはり黒頭巾だ」

「いくつぐらいか分かるか」

「うーん。たぶん三十歳を少し過ぎたぐらいじゃないかな。でも分からないな、もっと若いかもしれない。年寄りではないのは確かだよ」

木暮と桂は顔を見合わせた。

「お花が見たその男と、忠吾たちが話していた男は、同じ者かもしれねえな」

「似通っていますよね。歳、背格好、そして何より黒頭巾」

お市は眉根を寄せながら、二人に酌をする。

「その黒頭巾の男は夏祭りに訪れて、美男たちに目をつけていたということかしら？」

木暮は酒を啜って推測する。

「暑い時季に頭巾をいつも被っているということは、顔に傷でもあるのかもしれねえな」

「もしや……それが原因で、美男たちに恨みを持ってしまったのでしょうか」

桂が眉を顰める。木暮は苦々しげに言った。

「それならば、金彌にいびられていたという銀治も鬱屈した思いを抱いていたかもしれねえな。特別悪くない容姿でもよ、他人から醜いと言われ続ければ、そうなんだと思い込んじまうってこともあるだろう」

「時次に嘲笑されたお末だって、恨みを抱いていたかもしれません」

お花がまたも口を出した。

「やっぱり、その人たちが組んで企んだんじゃないかな。美男皆殺し、ってのを。黒頭巾の男と、銀治と、お末が」

木暮は腕を組み、頷いた。

「うむ、そういう線もあるかもしれねえな。銀治とお末は、忠吾と坪八に見張ってもらおう。桂は引き続き〈伏見屋〉を窺っていてくれ。俺はその黒頭巾の正体を摑んでやる」

やる気を見せる木暮に、お紋が料理を運んでくる。

「〝薩摩芋のおこわ〟だよ！　たくさん食べて、元気つけてね」

「おおっ」

飯椀に盛られた、ふっくらしたおこわに、木暮と桂の頰が緩む。ほんのり色づいた米に、黄金色の薩摩芋が、細かく混ざっている。薩摩芋の赤紫色の皮がついているのが、また彩り豊かだ。米一粒一粒が立ち、甘やかな匂いを放っているのだから、堪らない。

「そろそろ薩摩芋の時季って訳か」

木暮と桂は目を細めつつ、〝薩摩芋のおこわ〟を嚙み締めた。

「くうっ。この飯の、もちもちしてることといったら！　薩摩芋も蕩けるようだぜ」

「甘い薩摩芋と胡麻塩が相俟って、これがまたいいんですよねえ。口の中に甘味が広がったかと思うと、次には塩っけが来て。飽きないんです」

二人とも椀を摑み、一口一口、口いっぱいに頰張り、ゆっくりと嚙み締める。

お市は微笑んだ。

「このおこわは、掻っ込むというよりは、まったり味を楽しむ、といった感じかしら」

木暮は大きく頷いた。

「うむ。まことにそのとおり！　味のみならず、この食感、歯応えがいいのよ」

「よく嚙むと、味がさらによくなりますね。米本来の旨みが滲み出てくるかのように」

お紋も笑みを浮かべる。

「お気に召していただけて嬉しいよ。粳米と糯米を半々で作っているんだけれど、ちょうどいい歯応えになるだろ？　適度にもちもちで、お米の食感も残ってて」

「おう。心が温まってくるような味わいよ。これで明日からまた頑張れるぜ」

薩摩芋おこわを頬張り、大きく頷く木暮だった。

木暮は黒頭巾の男を探っていった。難航するかと思いきや、日本橋、両国あたりに絞ると、その特徴からか意外とすぐに正体が知れた。

その男は、日本橋は久松町に住む、無役の大身旗本である倉田真之助だった。

という。

真之助は三十歳で家督を継いでいるが、独り身である。十九歳の頃に顔に酷い火傷を負い、その痕が残ってしまって以来、女人に対して自信が持てなくなった

お世継ぎも望めず、本人の希望としては、数年後に甥に家督を譲って跡を継がせ、自分は早隠居したいと考えているらしかった。

——鬱屈した思いが噴出し、《美男番付》に載った男たちを陥れようとしているのだろうか？ それに誰かが組んでいるとしたら——

木暮は勘を働かせた。

木暮は倉田真之助を見張り始めた。ある時、日暮れにこっそり家を出た真之助の後を尾けると……向かった先は、両国。お通が三味線を弾いている小屋〈山海〉だった。

真之助がその小屋に時折訪れることを摑んだ木暮は、旗本屋敷に乗り込むのは難しいため、さりげなく近づくことにした。

木暮は〈山海〉の近くに身を潜め、小屋を出てきた真之助の後を尾けた。

この時季、両国橋と浅草橋の間の大川両岸には、様々な色形の灯籠が灯され、

夜景を彩っている。大川には納涼船が行き交い、今宵も賑わっていた。

もう、日はすっかり暮れ、五つ（午後八時）近くだ。真之助は両国橋の上にひっそりと佇み、夜風に吹かれながら川を眺めていた。

木暮はそっと近づき、話しかけた。

「いい夜ですな。月は丸みを帯び、気温はちょうどよく」

真之助は、同心姿の木暮を見て、目を瞬かせた。頭巾から覗くその目には、明らかに動揺が浮かんでいる。真之助は再び目を川の流れに移し、躊躇いながら答えた。

「……夜はだいぶ過ごしやすくなったな」

木暮は真之助の横顔を見つめ、問いかけた。

「お一人でこんなところを出歩いていて、よろしいんですか。貴殿は大身の御旗本、倉田真之助殿でいらっしゃるでしょう」

木暮が端的に訊ねると、真之助の目に怯えた色が浮かんだ。

「どうして……それを」

木暮は一息つき、頭を下げた。

「申し遅れました。私、南町奉行所同心、木暮小五郎と申します。訳がありまして、貴殿を少々調べさせていただきました」

　木暮は真之助を窺いながら、彼を尾けた訳を話した。

　世間を騒がせている美男たちの失踪に、黒頭巾を被った男が関与しているであろうこと。その男は、美男たちをお披露目した夏祭りにも訪れていたこと……。

「それで色々探っていたのです、黒頭巾の男というのを」

　真之助は、木暮からもう目を逸らさない。

　夜空に大きな薄紫色の花火が打ち上げられ、あたかも枝垂れ藤のように散っていった。

「私が……疑われているという訳か」

　声を絞り出す真之助に、木暮は答えた。

「探っていくうちに、倉田殿に行き当たったという次第です。しかし、倉田殿は旗本、それも大身でいらっしゃる。私のような町方役人如きの戯言など、もちろん、無視してくださって一向に構いません。否、無視してくださるべきだ。……馴れ馴れしくお声をおかけしてしまい、まことに申し訳ありませんでした。倉田殿はその御身分にも拘わらず、とても話しかけやすい雰囲気でいらっしゃるので、つい。お許しくださいますよう」

深々と頭を下げる木暮を見やり、真之助は溜息をついた。

「今更謝らなくてもよい。……疑われたままでは気分が悪い。いいぞ、何でも訊いてくれて。正直に話そう」

木暮は、頭巾から覗く真之助の目を、じっと見た。

――とてもいい眼差しをしていらっしゃる。もともとは端整な顔立ちなのではないだろうか――

そんなことを考えつつ、木暮は訊ねた。

「では、お伺いいたします。夏祭りを訪れていらっしゃいましたね？　どうしてあの祭りを見にいかれたんですか」

真之助は一息つき、答えた。

「……お通さんの三味線を聴きにいっていた」

「先ほども、〈山海〉から出てこられましたものな」

真之助は頷いた。

「私は音楽を聴くことが、僅かな楽しみの一つなのだ。二年ほど前だろうか、親族の集まりの宴に三味線弾きの名手を呼ぼうということになり、その時に来たのがお通さんだった」

真之助はお通の三味線を聴いて以来、惚れ込んでいるようだ。木暮は察した。

――お通さんの奏でる三味線の音色は、孤独な倉田殿の心を癒してくれるものなのだろう――

「そうだったのですか。お通さんの三味線を聴くために、夏祭りへお越しになったと」

「そうだ。音楽を楽しみたい、ただそれだけだった。お通さんの三味線の音色は、激しく弾いている時にもどこか涼やかで、夏の夜に無性に聴きたくなるのだ」

花火が再び打ち上げられ、真之助と木暮は肩を並べて眺めた。

「見事ですなあ。私もお通さんの三味線、聴いてみたいですなあ」

「心を揺さぶられるぞ。……この花火以上に」

二人は暫く黙って、次々に打ち上げられる花火を見ていた。だが、真之助は不意に拳を欄干に置いて項垂れた。そして迸るように語った。

「私が不審に思われても、仕方があるまい。このような見た目なのだからな。でも私は、人を殺めたり、陥れるなどということは、誓ってしない。あの祭りの時も、自信に満ちて踊っている若者たちを、眩しい思いで眺めていたのだ。私もあのような姿だったら、もっと人生が楽しかっただろうと」

真之助の声が微かに震える。

木暮は急に自分が恥ずかしくなった。黒頭巾から覗く真之助の目は澄んでいて、このような誠実な男を疑った自分が、醜くさえ思えた。

木暮は真之助に、再び深々と頭を下げた。

「お話をお聞かせくださって、まことにありがとうございました。そして御無礼、まことに申し訳ございませんでした。倉田殿の真摯なお気持ち、しかと伝わりました。自分を恥ずかしく思います。何卒お許しくださいますよう」

そして木暮は去った。

川面に映る月は、水の流れで形を変える。時に歪み、時に崩れ。それを眺めつつ、あたかも己の心のようだと、木暮は自嘲した。

だがそこは木暮のこと、八丁堀の役宅に戻る頃には、同心らしい猜疑心がまた頭を擡げ始めた。

――とはいっても、だ。いくら誠実に見える者であっても油断出来ねえのが、町方の悲しい性よ。あの倉田真之助殿からは、目を離しちゃいけねえな――

どこからか犬が吠える声が聞こえてくる。月明かりの中、木暮は目を鋭く光らせた。

……だがやはりどこかずっこけているようで、自分を密かに尾けていた者の存在に、木暮はまったく気づいていなかった。

忠吾と坪八も度々注進してきたが、銀治とお末にはまだ動きが見られなかった。木暮は桂と交互に、〈伏見屋〉と倉田真之助を見張っていたが、こちらも尻尾を出さない。

するとある夜、奉行所から役宅に帰って寛いでいる木暮を、訪ねてきた者がいた。

その者は浦賀斉昭という倉田家の用人だった。木暮は驚いた。

――ま、まさか、倉田家の殿様を疑っているというのを知って、不敬の科で、俺を討ちにきたという訳ではねえよな？――

浦賀の厳めしい顔を眺め、木暮は思わずたじろぎ、額に汗を浮かべる。招き入れた部屋で向かい合い、木暮は目まぐるしく考えを巡らせた。

――さっさと謝っちまったほうがいいだろうか。いや、頭を下げた途端に斬りつけられても困るしな。ま、まずは話し合うか――

木暮が情けなく狼狽えていると、浦賀は姿勢を正し、深々と頭を下げた。

「我が殿が、疑われるようなことを仕出かし、まことに申し訳ござらん。厳重にお諫め申し挙げるので、何卒お許しいただけまいか」

木暮は面食らい、一瞬言葉を失うも、気を取り直して訊ねた。

「あの……私のことは、倉田様にお聞きになったのでしょうか」

「いや。これまた無礼をお許しいただきたいが、先日、殿と両国橋の上で話されているのを見て、貴殿の後を尾けたのじゃ。そしてこちらを突き止めた」

木暮は絶句し、目を見開く。浦賀は再び頭を下げ、続けた。

「木暮殿の身なりから、町方のお役人ということはすぐに分かり申した。そのお役人がなにゆえ殿と真剣に話されているのだろうと、疑念を持って当然であろう。拙者は殿が幼い頃から、ずっと世話を焼いておるのじゃ。殿がふらりと家を出ていかれても、拙者は必ず後を追いかけ、気づかれぬように見張っておる。時には見失ってしまうこともあるが、それも十に一度の割合じゃ。つまり、あの時も、拙者は殿をずっと追っていて、それゆえ木暮殿のことも目撃していたという訳じゃ」

「さようでしたか……お恥ずかしいことに、私はまったく気づきませんでした」

木暮は額に浮かぶ汗を、そっと手で拭う。浦賀はお茶を啜り、一息ついた。

「それでこれは何かおかしいと思い、色々と調べてみた。すると、近頃、我が殿を探る者がいるということが分かった。《美男番付》に載った者たちが次々失踪し、その事件にどうも黒頭巾の男が関与しているらしいということも……」

木暮は言葉もなく、浦賀を見る。浦賀は肩を落とした。

「拙者が今日こうしてお伺いしたのは、木暮殿に、我が殿のことをもっとよく知ってほしかったからじゃ」

「……と申しますと？」

「うむ。殿が顔に負った火傷のことは御存じであろう。あれは殿が十九歳の時で、まだ家督を継いでおらず、自由が利く頃じゃった。それまでは殿はのびのびと大らかに育っておられたのだが、あの時を境に、変わってしまわれたのじゃ。友を庇（かば）って負った火傷であったのに、その友にも去られてしまったのじゃからな」

木暮は姿勢を正した。

「どういったことだったのでしょう」

「うむ。あの時、殿は、昌平坂からの付き合いである友と一緒に、旅に出ておったのじゃ。その友というのも旗本の嫡男で、二人は気が合っていたのじゃよ。拙者は当時先代の殿様に仕える用があり、その旅には同行出来なかったのじゃが、ほかの用人が一人付き添っていたので、特別心配はしておらんかった。温泉番付で大関になった草津の湯を存分に楽しみ、江戸へ戻る途中の宿場町の旅籠で、火事に見舞われたのじゃ。深夜、皆が寝ている時に火が回ったらしい。風が強く、空気も乾いていたので、あっという間に燃え広がったということじゃ。殿と友、そして付き添った用人は深酒していたらしく、目覚めるのが遅かった。特に友は酩酊するほど呑んでおり、殿と用人の二人で抱きかかえて、逃げようとした。

　炎が回ってきた廊下を通り抜ける時、火がついた大きな柱が倒れてきて、用人は二人を庇って頭を打って亡くなり、殿は友を庇って顔に大火傷を負ってしまったんじゃ。それなのに、酩酊するほど呑んでいた友は、足を捻挫した程度だったというのは、まことに皮肉なもんじゃよ」

　浦賀は弱々しく笑ったが、木暮は目を伏せてしまった。

「……辛いお話です」

「さらに辛いのは、その友が、殿のもとを去っていってしまったことじゃよ。火傷の痕が顔に残ってしまってからは、殿は確かに変わられた。なんとも暗い翳りのようなものを纏われてしまったのじゃ。のびのびお育ちになった、根っから明るい殿は、消えてしまわれた。それが嫌だったのか、はたまた己のせいで傷を負わせてしまったことが心苦しかったのか、長年の友はやがて去っていかれた。そして、そのことが、殿を一段と苛（さいな）んだのじゃ。殿は顔だけでなく、心にも深い傷を負ってしまわれた。それなのに……殿は決して友だった御方のことを悪く仰らぬ。だから余計に、見ているほうは辛いのじゃよ」

木暮は胸がひりひりとして、膝の上で拳を握り締める。浦賀は大きく息をついた。

「殿は、心を閉ざしてしまわれておる。それゆえ我々も、殿の挙動には注意を払っておるのじゃ。本来、殿はまことに心優しく、誠実な御方じゃ。拙者はそう信じておるし、木暮殿にも信じていただきたく思う。しかし……もし、万が一」

浦賀は言葉をいったん切り、木暮を真っすぐに見た。

「万が一に、我々から見ても殿に何か疑わしきことがあった折には、我々が責任を持って、必ず決着をつけると誓い申す」

そして浦賀は深々と頭を下げ、喚（わめ）くような大声を出した。

「御迷惑おかけして、まことに申し訳ござらん」

木暮は膝の上で拳を握り締める。

――その時はきっと、真之助殿を切腹させるか、もしくは浦賀殿が斬るおつもりなのだろう。……そしてその後で、自らも腹をお召しになるおつもりでは――

そう思うと、木暮は喉が渇いて声が出ない。平伏す浦賀を眺めつつ、木暮は何度も唾を呑み込んだ。

浦賀が帰ると、木暮は考えた。

――黒頭巾の男が真之助殿でないとすれば、いったい何者なのだろう。橋野川金彌とどう繋がっていたのだろうか――

木暮は忠吾と坪八だけでなく、知り合いの目明かしたちや、瓦版屋の留吉などにも声をかけた。

「町中で黒い頭巾を被った男を見かけたら、知らせてくれ」

三

葉月(はづき)（八月）に入り、暑さは幾分和(やわ)らいで、朝夕と過ごしやすくなってきた。

そんな折、貫壱が妹のお通を連れて、〈はないちもんめ〉を訪れた。お通は小柄で、竜胆(りんどう)の花のような楚々(そそ)とした美しさを漂わせている。

「これはこれは、いらっしゃいませ！　板前が心を籠(こ)めて作りますので、たっぷり召し上がっていってね」

お紋は笑顔で二人を招き入れる。目九蔵も板場から出てきて挨拶をした。

「夏祭りの時は、素敵な三味線の音色、おおきにありがとうございました。おかげでいっそう料理に力が入りましたさかい」

「あたいなんて料理のことうっかり忘れて、聴き惚れちまった」

お花も嬉しそうに口を挟む。

座敷に上がる時も、貫壱はお通にさりげなく手を貸し、仲のよい兄妹(きょうだい)と窺い知れて、はないちもんめたちは微笑ましい。

二人が座ると、お紋がすぐに酒を運んできて、お市は酌をした。

「皆、とても喜んでおりますの。貫壱さんが妹さんを連れてきてくださって」

貫壱は照れ臭そうに、酒をきゅっと呑み干した。

「こちらの料理が旨いと、俺が何度も言うので、こいつ、連れていってくれとうるさくてね」

「お祭りの時に、お紋さんが私にも持ってきてくださったので、目九蔵さんのお料理は食べたことはありましたが、あまりに美味しくてその味を忘れられなくて……。どうしても、もう一度食べたいと思ったのです」

「まあ、ありがとうございます！　板前も喜びますわ、伝えておきますね。……確か、あの時に板前が作りましたのは〝鰯と茄子と分葱の豆板醤炒め饂飩(うどん)〟でしたわね」

「はい。暑い時、あのコクのあるピリリと辛い味で、疲れも吹き飛びました。お料理をいただいた後、また元気に三味線を弾くことが出来たのです」

お市はお通の手を見た。

「お通さんの指って、白くて華奢(きやしや)でいらっしゃるのね。その指が、あれほど迫力のある音を奏でるなんて……なんだか不思議だわ」

するると貫壱が笑った。

「いや、見てくれに騙されてはいけません。お通の奴、おとなしそうに見えますが、これでなかなか勝気で芯は強いんですよ。俺、いつも叱られています」

「まあ、お通さん、お兄さんをお叱りになるの？」

お市は目を丸くする。お通は含み笑いをした。

「兄はだらしないところがありますので。酔って帰ってくるのは別にいいのですが、二日酔いでなかなか起き上がれなくなるまで呑んだ時などには、小言を言います」

「まあ、しっかり者の妹さんの前では、貫壱さんも形無しですね！」

「参ったなあ。女将さんにまで言われちまった」

貫壱は頭を掻く。楽しげに語り合う三人を眺め、お紋も嬉しそうだ。そんな祖母に、お花が話しかけた。

「おっ母さん、お通さんとも仲よくなれそうだね。いいよね、家族ぐるみの付き合いっていうのも」

「そうだね。秋が深まってきたら、皆で紅葉狩りにでもいきたいね！　弁当持って、目九蔵さんも連れてさ」

「婆ちゃん、いいじゃないか、それ！　おっ母さんも喜ぶよ」

お紋は、頬を仄かに染めて貫壱に酌をする娘を眺め、呟くように言った。

「お市にも、そろそろ、本当に幸せになってほしいからね」

「幸せの形って色々あって、何が本当に幸せなのかその人でなければ分からないだろうけれど……。まあ、おっ母さんが貫壱さんと一緒にいて幸せそうだというのは確かだね」

祖母と孫は頷き合う。お紋は店をぐるっと見回し、声を潜めた。

「でもさ、よかったね。木暮の旦那が来てなくて」

「ホントだよ。あの様子を目の当たりにしたら、旦那、またかっかして、茹で蛸みたいになりかねないからね。薄くなってきた頭から湯気立てちゃってさ！」

「まったくだ」

二人は顔を見合わせ、くくく、と笑った。

お通がすっかり和んだ頃、目九蔵が自ら注文を取りにきた。お通に美味しいものを食べてもらおうと、張り切っているようだ。

「どないなものがお好きでしょう」

目九蔵に訊ねられ、お通は答えた。

「私、お米が苦手ですので、出来ればお饂飩やお蕎麦、お素麵などをお願いしたいのですが。お祭りの時にいただいたお饂飩、とっても美味しかったです。あのお料理をもう一度いただきたいような気もしますが、また別のお料理を食べたいような気もしますし……。ごめんなさい、贅沢なことを申し上げて」

肩を竦めるお通に、目九蔵は穏やかな声で返した。

「そないにお気に召してくださって、こちらこそ嬉しいですわ。なら、素麺を使って、二種の料理をお出ししましょか。まだ暑さが残ってますさかい、こういう時はさっぱり味わえる素麺がよろしいと思いますが、如何でっしゃろ」

お通は手を合わせた。

「まあ、是非それでお願いいたします！　楽しみですわ」

「かしこまりました。では少々お待ちください」

目九蔵は丁寧に礼をすると、下がった。お市は、麗しい兄妹に微笑む。貫壱とお通は、やはりよく似ていた。

「うちの板前って愛想はあまりないほうですから、自ら注文を伺いにくるなど稀なんです。それだけ張り切っているのですわ。お二人のために腕を揮おうと」

「目九蔵さんには頭が下がりますよ。あの人の料理にかける情熱は、まことのものだ。まことの料理人でいらっしゃる」

お市は貫壱に淑やかに酌をした。

「貫壱さんだって、まことの料理人ではないですか。お祭りの時にお手伝いさせていただいて、思いましたもの。貫壱さんがお作りになった〝烏賊飯〟だって〝鱒寿司〟だって、うちの板前に引けを取らない、ううん、それ以上のものでしたわ。……実際、貫壱さんと私の屋台のほうが、集まった人たちが多かったですよ。気づきませんでした？」

貫壱は首を少し傾げた。

「いやあ、あの時はとにかく忙しくて、そこまで気が回りませんでした。……女将さん、改めて御礼を申し上げます。力添えしてくださって、ありがとうございました。額の汗を拭いてくださって、助かりましたよ。おかげで元気になれました」

お市はお通をちょっと窺いつつ、頬をさらに染める。

「い、いいえ。貫壱さん、暑そうだったから、つい……。すみませんでした、馴れ馴れしいことをしてしまって」

お通が笑った。

「兄さん、嬉しかったと思います。よく言っていますから。こちらの女将さん……お市さんはよく気のつく、素敵な方だ、って」

「ま、まあ。……そんな」

お市はあからさまに狼狽えてしまう。そんなお市を眺めつつ、貫壱は照れ臭そうに小鬢を掻いた。

少し経って、目九蔵が料理を運んできた。

「〝秋刀魚のピリリと辛い素麵〟と〝茄子と茗荷のさっぱり素麵〟ですわ。二品で一人前ちょっとの量ですさかい、是非、食べ比べてみてください」

お通は、目九蔵に出された二つの皿に交互に顔を寄せ、笑みを浮かべた。

「どちらも、とてもよい匂い！　お味噌のコクのある匂いがするのは、ピリリと辛いほうですね。さっぱりのほうからは、茄子と茗荷だけでなく、大根のみずみずしい匂いもします」

お通は目が見えないぶん、聴覚のみならず、嗅覚も発達しているようだ。目九蔵は細い目を瞬かせた。

「さすがでんな。仰るとおりですわ、卸した夏大根をかけた、卸し素麵です」

「どちらも美味しそうですね。では、さっぱりのほうからいただきます」

お通は右手で箸を持ち、左手で皿を軽く押さえ、素麵をゆっくりと味わう。ゆっくりと飲みこみ、ほぅと息をついた。

「なんて清らかなお味なのでしょう。茄子と茗荷、そして大根の爽やかな味わいに、生姜が利いて。上品な薄味のお汁が、いっそうお野菜の味を引き立てているように思います。それらがお素麺に絡まって、なんとも繊細な美味しさですわ」

お通は笑みを浮かべ、素麵を頰張る。目九蔵も満面の笑顔だ。

「お褒めいただいて、光栄ですわ。張り切って作った甲斐がありました」

「どんどん食べてしまいます。本当によいお味」

さっぱり味に夢中になるお通に、貫壱が声をかけた。

「ピリリと辛いほうも、いただいてみたら？　こちらも旨そうだぜ」

お通は箸を置き、手で口元を押さえた。

「いやだ、私ったら。あんまり美味しくて、ついどんどん進んでしまって。……では、辛いほうもいただきます」

再び箸を持ち、お通は〝秋刀魚のピリリと辛い素麵〟を頰張った。

「うん！　このお味です！　お祭りの時の、忘れられないお味。コクのある辛さ、お味噌と胡麻油が混ざり合った芳ばしさ。この味付けは鰯にもいいですが、秋刀魚にも合いますね、堪らないわ。こちらにも生姜が利いてますね。私が大好きな分葱も入ってるわ。……秋刀魚を一度焼いて、ほぐした身と分葱や生姜を、炒め合わせているのでしょうか。味付けをしながら」

「さようですわ。それを素麵に絡ませました」

「こちらは食べるごとに元気が出て参ります。脂の乗った旬の秋刀魚と、豆板醬の力でしょうか。こちらもどんどん進んでしまうわ。二つとも同じ素麵の料理なのに、まったく違った美味しさで、驚いています。私、秋刀魚をこんなふうに食べたのも初めてです」

箸が止まらぬ妹を見つめ、貫壱は微笑む。

「食べ比べは、引き分けってとこかい？」

お通は頰張りながら、大きく頷いた。

「勝ち負けなんてつけられません！　そんなことをしたら罰が当たってしまいそうなほど、両方とっても美味しいです」

目九蔵は嬉々として答えた。

「そう仰っていただけて、安心しましたわ。……この二つの料理は、僭越ながら、わてなりに、お通さんの三味線の音色を表したものですさかい」

お通は食べる手を止めた。

「え……そうだったのですか？　私が弾く三味線の？」

「へえ。夏祭りの時に耳にして、なんと清冽でありながら、激烈な音色なのだろうと、感嘆したんですわ。澄み切っているのに、力強い。静かなのに、激しい。お通さんが奏でる音色は、まったく違うものを同時に併せ持ってはって、だからこそ心が揺さぶられたんですわ。その粛々とした力強さに敬意を払い、厚かましくも料理で表現させてもらいました。お気に障るようどしたら、申し訳おまへん」

目九蔵はお通に深々と頭を下げる。お通は首を大きく横に振った。

「感激いたしました。私の奏でる音色を、そんなふうに感じてくださって、こんなに素敵なお料理で表してくださったなんて。……こちらこそ光栄です。目九蔵さん、本当にありがとうございました」

お通は箸を置き、丁寧に礼をする。貫壱も姿勢を正した。

「目九蔵さん、俺からも礼を言います。妹のためにお気遣いくださって、まことにありがとうございました。……目九蔵さんに褒めていただいて、お通、お前、幸せ者だぞ」

兄妹を眺めながら、お市は潤む目をそっと指で拭った。

「板前がお客様の前でこれほど饒舌(じょうぜつ)だなんて、これまた稀ですわ。よほどお通さんの三味線に感銘(かんめい)を受けたのですね」

目九蔵はもう一度頭を下げた。

「長居してしまい、申し訳ありませんでした。そろそろ混んで参りましたさかい、板場へ戻ります。お二人ともごゆっくりなさっていってください」

目九蔵が去ると、貫壱もようやく料理に箸をつけた。貫壱は酒を啜りつつ、妹が味わう姿を、ずっと見守っていたのだ。

さっぱり味と、ピリリと辛い味を交互に頬張り、貫壱は唸った。

「目九蔵さんに教えを請(こ)いたいですよ、俺は。どちらも旨過ぎる」

「本当に。私も目九蔵さんに教えてもらいたいわ。これほど上手に作れる訳がないけれど」

お市は目を見開いた。

「お通さん、お料理もなさるんですか？　本当に器用でいらっしゃるのね」

「ええ、少しは。……とはいっても、行商の蕎麦売りからお蕎麦を買って、それをさっと茹でて、お汁を作って、葱を刻んで、というぐらいのごく簡単なことですが」

「俺はこいつに火を使わせたくないんですが、俺が留守の時などに、ささっと作って食っちまうんですよ」

「兄さんは心配みたいだけれど、本人はもう慣れてますので。それぐらいのことは出来るんです」

お通は屈託なく微笑む。お市は息をついた。

「感心だわ。貫壱さんはよい妹さんをお持ちね」

「ええ。こいつ、俺にも時々、蕎麦を作ってくれるんですよ」

感嘆しつつ、お市は思った。

——もしやお通さんが麵類を好きなのは、御自分で作りやすいということもあるのかもしれないわ。お米を炊くのは、ちょっと面倒でしょうし。それでいつしかお米より麵類が好きになってしまったのかも——

貫壱とお通は綺麗に平らげ、お市に注がれた酒を啜った。

「ああ、満腹で、大満足だわ！　兄に連れてきてもらって本当によかったです」

「こちらこそ、本当にありがとうございました。これから、いつでもいらしてくださいね」

お市の言葉に、兄妹は笑顔で頷いた。

お通がお紋に案内されて厠に立った時、貫壱はぽつりと言った。

「あいつの目を治してやろうと思って、色々な医者を訪ねたんですが、どの医者からも、もう無理なようだと言われましてね。治す費用も貯めていたんですが、諦めてしまいましたよ」

貫壱がふと見せた寂しげな表情に、お市の胸は苦しくなる。切ない思いを抑えつつ、お市は貫壱に酌をした。

「でも……私、思うのですが、お通さんはきっと何かが見えてらっしゃるんですよ。私たちには見えない何かが。だって、あれほど三味線がお上手なのですもの。誰も彼もが心を摑まれてしまうほどに。……そう、音が見えるのかもしれませんね、お通さんには。それって凄いことだわ、羨ましいです」

貫壱はお市を見つめ、口をぼそっと動かした。はっきり言葉にはならなかったが、ありがとう、と言ったように見えた。

お通が戻ってくると、目九蔵が再び料理を運んできた。

「〆に甘いものは如何でっしゃろ。〝みたらし団子〟ですわ」

「まあ、それも大好物です！　喜んでいただきますわ」

串を手に持ち、お通は団子を頰張る。

「うん！　もちもちしたお団子に、この甘くて芳ばしいタレが絡まって、もう最高です。甘さがちょうどいいですね。まろやかな味わいで、幸せな気分になります。〆に相応しいわ」

目九蔵は微笑んだ。

「この団子は、素麵で作ってるんですわ」

お通と貫壱は同時に声を上げた。

「ええっ、素麵で？」

「へえ。茹でた素麵をよく潰しまして、片栗粉と塩を混ぜ合わせて、丸めて、また茹でるんですわ。それにタレを絡めて出来上がりです」

貫壱は手に持った団子をじっくり眺め、目を瞬かせた。

「考えてみれば素麵も団子も、饂飩粉（小麦粉）から作るのだから、もとは一緒なんだよな。だから素麵が団子に変わっても、不思議はないか。……いや、やはり不思議だ。手妻ですよ」

「素麵をお団子に作り替えるという発想が、凄いです」

お通もしきりに感心している。お市は微笑んだ。

「ピリリと辛くなったり、爽やかになったり、まろやかになったり、色々な味や姿に形を変えるけれど、もとは一つ、ということね」

「へえ、そうですわ。それこそお通さんの奏でる音色なのではと。変化に富みますが、根底に流れるものは一つで、揺るぎないものなんですわ」

目九蔵の言葉に、お通は頷いた。

「それならば、私の三味線の音色と、目九蔵さんのお料理の味わいは、似ているということかしら。目九蔵さんが作られるお料理も、変化に富んでいるけれど、揺るぎない土台がございますもの」

「へ、へえ、とても光栄ですが、たいへん恐縮ですわ」

目九蔵は慌てつつも嬉しそうだ。

笑いが絶えないお市たちを、お紋とお花はほかのお客をもてなしながら、見守っていた。

貫壱とお通は丁寧に礼を述べ、帰っていった。はないちもんめたちは、二人の後ろ姿が見えなくなるまで、店先に佇み、見送った。

店を終うと、お紋は大きく伸びをした。

「ああ、なんだか疲れちまった。ねえ目九蔵さん、片付けの前に、皆でちょっとお茶でも飲もうよ」

「あたいも賛成！　喉がからからだ」

「そうね。一息つきましょう」

女三人にそう言われれば、目九蔵は従わない訳にはいかない。目九蔵がお茶を運び、お客がいなくなった座敷に腰を下ろして、四人は一休みした。

「今日はお通さんが来てくれて、本当によかったね。さすが貫壱さんの妹さんだ。性格がいいうえに美人さんでね」

しみじみ言うお紋に、お花が相槌を打つ。

「貫壱さんも素敵な人だよね。妹さんのこと、あんなに大切にしてて。ねえ、覚えてる？　お祭りの時に貫壱さんが鱒を使って料理をするって聞いて、目九蔵さんが思いついて、あたいたち、こんな話をしただろ。《美男番付》の男たちを表すために、〝鱒〟と〝益荒男〟をかけたんじゃないか、って。あれさ、益荒男って、《美男番付》の連中のことじゃなくて、実は貫壱さんだったのかもね！」

お市とお紋は顔を見合わせる。お紋は頷き、腕を組んだ。

「貫壱さんは料理に烏賊も使っただろ？　烏賊に、鱒。今にして思えば、《美男番付》の連中は、〝いかさまの益荒男〟だったってことだね。偶然の語呂合わせだ」

「そうだよね、貫壱さんこそ真の益荒男だ！」

お花ははしゃぎながら、お市をちらと見た。お市は頰を微かに染めて、お茶を啜る。

目九蔵は静かな笑みを浮かべ、皆の話を聞いていた。


木暮たちは苛立っていた。見張っている者たちには動きがなく、橋野川金彌と時次の行方は杳として知れない。光一郎が失踪した時から一月以上が経つというのに、殆ど進展が見られないのだ。

そうこうしているうちに、《美男番付》の前頭、鳶の音松までもが消えてしまった。

さらに、《美男番付》の関脇、講談師の橋野川金彌の絞殺死体が、大川の岸辺で見つかった。

遺体の傍には、黒い根付が落ちていた。木暮はそれを拾い、じっくりと見た。

「おい。この根付、〝鳶〟と〝松〟の絵が描かれているぞ。まさか……音松の持ち物ってことはねえよな」

「だとしたら、どういうことでしょう。音松が金彌を殺めたと？」

木暮と桂は顔を見合わせる。

「そんなことある訳がねえとは思うが、一応、探ってみるか」

何か不穏なものを感じ、木暮と桂は根付を持って、音松の仕事場である〈ち組〉へと聞き込みにいった。すると鳶の仲間たちが証言した。

「それ、音松のものですよ。俺たち皆、揃いの根付を持っているんです。何かの時に目印になるようにって、頭が持たせてくれましてね。黒地に鳶の絵が描かれているのは一緒なのですが、各々ほかに好きな絵を追加したりしていました。音松は鳶のほかに松の絵も入れていたので、間違いありません。これは奴の根付ですよ」

木暮と桂は首を傾げながら、奉行所へ戻った。

「ってことは、だ。本当に音松が金彌を殺って、姿を晦ましちまったってことか」

「音松は金彌を憎んでいたのでしょうか。……確か、番付の賞金が出たのは、三位の小結までだったといいますし」

二人は足を止め、顔を見合わせた。

「そうか。どうして今まで気づかなかったんだ。《美男番付》に載った者たちの間でも、妬み合いがあったのかもしれねえんだ」

「賞金をもらえなかった前頭の立場なら、上位三名を妬むということもあり得ますよね。三人の失踪に、音松が関わっていたとしたら……」

木暮は腕を組み、眉根を寄せる。

「もしや、黒頭巾の男は音松だったってことはねえかな？　音松ならまったく知らぬ相手ではないし、何か巧いことを言われて、ついていっちまったってのもあるかもしれねえ」

「……あり得ますね。でも、いつもとはまったく違った姿で近づいてきたら、警戒するのではないでしょうか？」

「うむ。そこなんだ。まあ、これはあくまでも推測だがよ、脇差を差していたというなら、脇差が安く手に入る方法を知っている……とか、そんなことを言って気を引いたのかもしれねえ。もしくは……実は武士の身分を安く買えたんだ、その方法をお前にも教えようか、ってな」

「ああ、なるほど。……武士の身分を買いたがる者は、やはりいますからね。あいう見栄っ張りな連中は、そのような甘言に惑わされるかもしれません」

桂は固唾を呑む。木暮は苦み切った顔つきになった。

「脇差は破落戸から借りるなどして、どうにでもなるだろうからな。よし、音松をどうしてでも見つけ出してやる」

二人は頷き合った。

やる気に満ちて奉行所に戻ると、木暮と桂は筆頭同心の田之倉に呼び出された。ぶよぶよとなまっ白く、髭の剃り跡がやけに青々としている男だ。

「お前ら、いったい何をやっているんだ！」

田之倉に雷を落とされ、木暮と桂は姿勢を正す。二人とも心の中では田之倉のことを、

――けっ、無能の癖に――

と思っているのだが、上役には楯突くことが出来ないのが宮仕えの悲しいところだ。

確かに、熱心に探索しているにも拘わらず番付四位までが次々に消えてしまい、木暮と桂は面目が立たないということもある。

「これ以上犠牲者が出ると、責任を取らされて俺が八王子に飛ばされるかもしれないんだ！　さっさと下手人をとっ捕まえてこい！」

田之倉はどうしても八王子千人同心組に左遷されたくないようだ。怒鳴りつけられ、木暮と桂は項垂れた。

木暮と桂は音松が怪しいと睨み、忠吾と坪八にも頼んで、行方を追った。だが、必死で探すも、やはりなかなか見つからない。

聞き込むと、音松も毬代にそそのかされて《美男番付》に応募したということが分かった。その毬代は、相変わらず小唄の師匠をしながら楽しくやっているようだが、怪しい動きはなかなか見せない。

木暮は黒頭巾の旗本・倉田真之助からも目を離さずにいたが、こちらも怪しい動きはなかった。

――光一郎、金彌、時次の三人を、音松が嵌めたって訳なのだろうか。仮に音松の仕業だったとしても、その裏で誰かと組んでいるのは確かだろう。その誰かとは……光一郎の件から見ても、廻船問屋の〈伏見屋〉が臭うんだが、証拠がねえんだよな。誰かが糸を引いているんだろうが、どいつもこいつも、なかなか尻尾を出しやしねえ――

木暮は溜息をつきながら、手をこまねいていた。

朝夕とだいぶ過ごしやすくなり、川開きと花火の賑わいもそろそろ終盤を迎えている。

店が休みの日、目九蔵は、うろうろ舟で弁当を売っている茂平を手伝いにいった。

目九蔵が仕出した今年の弁当の品書きは、こうだった。

〝梅と大葉のおむすび〟〝鰯のつみれ揚げ〟〝茗荷の天麩羅(てんぷら)〟〝枝豆と蒟蒻の煮物〟〝胡瓜の漬物〟。そして甘味(かんみ)は〝杏子(あんず)のくず玉〟だ。もちもち、つるりとした食感と、甘酸っぱさが堪らぬ一品である。

ちなみに〝鰯のつみれ揚げ〟は、おろして細かく叩いた鰯と、微塵(みじん)切りした生姜と、豆腐と片栗粉を、酒・醬油・味噌で味付けしながら混ぜ合わせ、丸く成形して、揚げる。それを大葉でくるりと包んで、出来上がりだ。

この〝鰯のつみれ揚げ〟は特に好評のようで、茂平からも喜ばれた。

「今年の弁当も売り上げは上々だぜ！　目九蔵さんのおかげだよ。いつも本当にありがとうな」

「いえ、こちらこそ、おおきに」

茂平に感謝され、目九蔵は照れた。

納涼船で賑わう大川に漕ぎ出し、茂平と目九蔵は弁当を売っていく。目九蔵が櫓で漕ぎ、茂平が弁当を渡す。いつもはこの両方を茂平が一人でやっているのだから器用なものだと、目九蔵は思う。

大川の両岸にはいくつもの灯籠が灯っているので、夜でも人の顔は意外によく見えた。

「弁当二つね！」

威勢よく声をかけられ、茂平が身を乗り出して弁当を渡す。

簾をよけて顔を覗かせた男と、中でしどけなく座っている女をちらりと見て、目九蔵は——おや——と思った。

第四話　切ない月見酒

一

今日、葉月十五日は、中秋の名月だ。

〈はないちもんめ〉でも入り口の近くに、お神酒徳利にススキを挿して飾り、青梅、里芋、枝豆、団子を三方に盛って月に供えた。

なかなか事件が解決出来ずに疲れ顔の木暮たちに、お市は変わり酒を出した。

「旦那には、〝腸酒〟、桂様には〝雲丹酒〟、忠吾さんと坪八さんには〝鮭酒〟です。お気に召したら、お代わりなさってくださいね」

腸酒、雲丹酒とは、湯呑みにそれぞれ海鼠腸、雲丹を入れて熱燗を注いだもの。鮭酒は、七輪で炙った鮭の切り身に、熱燗を注いだものだ。

木暮たちは変わり酒を一口含み、舌で転がし、ゆっくりと味わう。ごくりと呑み込み、揃って目を細めた。

「いい味だなあ。このほろ苦さが、世知辛い浮世を忘れさせてくれるぜ」

「透き通る清酒に、雲丹が映えて、月が浮かんでいるようです」

「炙った鮭の旨みと脂が酒に滲んで、堪りませんぜ」

「なんとも乙でんなあ。酒を味わいつつ、鮭の旨みも味わい尽くせまんなあ。わて、何杯でもいけまっせ！」

男たちはすぐに一杯呑み干し、お市に新しく作ってもらう。

「俺は今度は〝鮭酒〟がいい」

「私は〝腸酒〟でお願いします」

「あっしは〝雲丹酒〟でお願いしやす」

「わては〝鮭酒〟もう一杯頼んます！」

と賑やかだ。店のあちこちにお市が挿したススキと竜胆が飾られ、季節の移ろいを醸し出す。可憐な青い花を眺めながら酒を味わう木暮たちは、穏やかな笑みを浮かべていた。一時でも事件のことを忘れているかのように。

お紋が料理を運んできた。

「〝里芋と鰯の煮物〟だよ。召し上がれ」

いい色合いに煮汁が滲んだ里芋を眺め、木暮たちは喉を鳴らす。千切りにした生姜の香りが、一段と食欲を誘った。

適度な大きさに切った里芋と、ぶつ切りにした鰯、生姜を一遍に口に含んで、嚙み締める。男たちは満面に笑みを浮かべた。

「里芋だけだとあっさりしちまう煮物も、鰯が加わるとコクが出て、里芋にも旨みが滲んで、絶品だよなあ」

「鰯はどんな食材にも合いますねえ。まさに万能です」

「生姜がまた利いておりやす。驚きの旨さですや」

「どこか懐かしくてほっこりしてまんのに、がつんともくるようなコクのある味でんがな！　里芋に鰯がこないに合うなんて、わて、初めて知りましたぁ」

四人は煮物に舌鼓を打ち、酒を啜る。この料理には、雲丹酒が合うようだった。

次の料理はお花が運んできた。

「お待たせしました。〝鮭と里芋の粕汁（かすじる）〟だよ。芋名月の今宵は、里芋をたっぷり堪能してほしくてさ」

仄（ほの）かに漂う酒粕（さけかす）の匂いに、木暮たちは目を細める。

「ほう。ほかにも夏大根、油揚げ、蒟蒻（こんにゃく）が入って彩り豊かじゃねえか。これは旨そうだ」

木暮は舌なめずりし、椀を摑（つか）んで汁をずずっと啜（すす）る。うむ、と呟（つぶや）き満足げに微笑（ほほえ）むと、里芋を頰張り、鮭を嚙み締め、また汁を飲む。

夢中で粕汁を味わう木暮を眺め、ほかの三人も堪らず箸をつける。

「この大根がみずみずしくて……堪りません」

「諄くない味付けで、食材の本来の味が引き立ちますわ。食うほどに躰が喜ぶのが、てめえでも分かりやすわ」

「この粕汁、京風でんな！　食材のすべての味が溶けて馴染んで、しかも上品な味わいで、いくらでもいただけますわ」

白く濁った、旨みたっぷりの粕汁は、男たちを虜にしてしまう。ひとまず酒は中断、四人は粕汁をお代わりして、心ゆくまで味わった。薄味ながらも、鮭や油揚げの旨みが溶け込んでいるのが、癖になるのだろう。

「ああ、食った、食った。中秋の名月の今宵に相応しい料理だったな。さすが〈はないちもんめ〉、そして目九蔵さんよ」

木暮は膨らんだお腹をさすって楊枝を嚙みながら、格子窓に目をやった。

「生憎ここから月は見えねえが、女将のふくよかな顔を眺めていれば満足よ。満月みてえだからな」

「まあ、私の顔が真ん丸みたいな言い方ね」

「膨れると、ますます丸くなるぜ」

木暮はお市をからかう。二人を眺め、桂は微笑んだ。

「女将は、今宵の月のように麗しいと言いたいんですよ、木暮さんは」

桂の言葉に、忠吾と坪八も頷く。木暮は照れ臭そうに小鬢を掻き、お市はそんな木暮を優しく睨(にら)んだ。

すると戸ががらがらと開き、お蘭とお陽が連れ立って入ってきた。木暮が二人を呼び、皆で仲よく酒を酌(く)み交わすこととなる。

「今宵は無礼講(ぶれいこう)だ。楽しくやろうぜ」

「お月様が一段と麗しい夜ですものねえ。女将さん、わちきも雲丹酒を呑みたいわあ」

「あちきは鮭酒をお願いします」

「かしこまりました」

お市は手際よくお蘭とお陽のぶんも作って、酒を出す。二人も鮭と里芋の粕汁を頼み、目尻を垂らして舌鼓を打った。

賑わっていた店も、お客が帰り始め、少しずつ静まっていく。店も終(しま)いの頃となり、お客は木暮たちのみとなった。

ほかのお客たちがいなくなると木暮は気が緩んだのか、本音を漏らした。

「根付を落として消えた音松の行方は、まだ掴めねえ。旗本の倉田殿からも目を離さずにいるが、おとなしいもので、怪しい黒頭巾の男はやはり倉田殿ではないように思える」

「倉田殿は《美男番付》の者たちと、まったく接点がありませんものね」

木暮と桂が溜息をついていると、目九蔵が〝梨の蜂蜜添え〟を運んできた。

「そのままでもじゅうぶん甘いですが、お好みで蜂蜜をおつけになって、どうぞ」

「きゃあ、美味しそう！　わちき、梨、大好きよお」

「このみずみずしい匂いが堪りません」

「女は好きよねえ、こういう水菓子（果物）は。特に梨のように、さっぱりとして汁っけがあるのは」

お蘭とお陽は嬉々として梨を頬張る。木暮も舌なめずりして手を伸ばした。

「男だって、こういうのは好きだぜ」

「まことに。梨は涼しげでいいものです。蜂蜜をつけると甘さが増して、一段と癒されます」

「この甘酸っぱさが堪りませんぜ。噛み締めると、じゅわっと口に広がりやす」

「しゃきしゃきした歯応えがまたいいですわ！　わての出っ歯が喜びますぅ」

水菓子の適度な甘さが、疲れた心を癒すのだろう、木暮の顔に笑みが戻る。

「目九蔵さん、旨（うめ）えものを食わせてくれて、いつもありがとうよ。まあ、一緒に一杯やろうぜ」

木暮に徳利を傾けられ、目九蔵はお市からあまった盃を受け取り、それを差し出した。

「おおきに、ありがとうございます」

目九蔵は、木暮から注がれた酒を、一息に呑み干した。

木暮は、板場で片付けをしていたお紋とお花も呼び、皆で梨を摘まんで寛（くつろ）いだ。

「水菓子の中でも梨ってのは、酒に合うよな。梨はやや薄味だからか、酒の味を邪魔しねえんだ。それどころか、酒の旨さが増すぜ」

「へえ、わてもそう思いますわ。梨は甘さが控えめなところがええちゃうかと」

水菓子で和みつつも、事件の話に再び戻る。

黒頭巾は誰なのか、光一郎と金彌は消えてからいったいどこで何をしていたのか、時次は無事なのか、音松の行方は、などと。

目九蔵は、皆の話を黙って聞いていたが、重い口を開いた。お市を慮りつつ、意を決したように。

「あの……ちょっと気になったことがありますさかい、口を出しても構へんでしょうか」

「おう、目九蔵さん、何でも話してくれ」

「へえ。わて、先日、店が休みの時に、茂平さんのうろうろ舟を手伝いにいったんですわ」

目九蔵はそこでいったん言葉を切り、お市をちらりと見て、膝の上で拳を握りつつ続けた。

「そして、そこで、見てしまったんですわ。貫壱はんと毬代はんが、納涼船を借り切って、睦まじくなさってはったところを」

しん、となった。誰もが言葉を失い、目九蔵とお市を交互に見る。お市の顔色が変わったことに、皆、気づいていた。

お市の心は、まさに凍りつくようだった。血の気がすうっと引いていき、目の前に紗がかかる。お市は心の中で叫んだ。

――嘘よ。貫壱さんは毬代さんとこの店で喧嘩して、『ああいう女は顔も見たくない』とはっきり言ったもの。『厚かましいうえに厚化粧で』って罵ったじゃない。それなのに……どうして――

お市は唇を震わせ、盃を摑んで、一息に呑み干す。お市の動揺が皆に伝わり、気まずい空気になる。お紋が沈黙を破った。

「目九蔵さん、それ何かの見間違いじゃないの？　似てる人たちだったんじゃない？　ほら、私もそうだけど目九蔵さんもいい歳だからさあ、老化が目にも来てるんだよ、きっと」

娘の胸中を慮り、お紋は冗談めかして言うも、目九蔵は真剣な面持ちで答えた。

「いえ、あれは確かにあのお二人でした。間違いありまへんわ。……こないなことを言いますのは、わても正直胸が痛みますわ。でも、真実をはっきり知ったほうが、いいのではないかと思いましたさかい」

目九蔵は、まだ深入りしていない今なら、お市の傷も浅くて済むだろうと思い、続けた。

「それで、もしやと思ったんです。《美男番付》の皆はんを誘い出した黒頭巾の男っちゅうのは、貫壱はんなのではないかと。貫壱はんはお祭りで料理を作りましたさかい、美男はんたちもまったくの初対面ではなかったはずですわ。それで気を許してしもうて、『何か旨いものでも御馳走するよ』などと誘われて、ふらふらついていってしもたんではありまへんやろか」

目九蔵の推測に、皆、固唾を呑む。お花が声を掠れさせた。

「貫壱さんが……事件に関わっていたっていうことなの？　そんな、信じられないよ。だって、あの貫壱さんが？」

お紋は酒を啜って、唇を舐めた。

「妹思いの立派な男だよ、貫壱さんは。……でも、目九蔵さんの話が本当に本当なら、また別の顔があったってことだね、あの人には。悲しいことだけどさ」

お市の肩が震える。頭巾の男が貫壱だったというなら、話は分かるな。苦々しい顔で頷いた。

「なるほどな。頭巾の男が貫壱だったというなら、話は分かるな。貫壱と毬代は裏で繋がっていて、美男の連中を二人で嵌めたのかもしれねえ」

「そそのかしたのは毬代。《美男番付》に載って有頂天になった彼らを巧くおびき寄せて、どこかへ連れ去ったのが貫壱ということでしょうか」

桂は、お市を痛ましく思いつつも、冷静に考えを巡らせる。木暮は頷いた。

「そういや貫壱と倉田殿は背格好が似てるぞ。頭巾を被っていれば見間違えそうなほどにな」

「まさか倉田様に罪を着せようなんて考えて、同じような恰好をしていたって訳じゃないよね。脇差まで用意して」

お紋が言うと、桂は顔を顰めた。

「それもあり得ますね。もしそうなら、かなり悪質ですが」

「で、でも何のために、貫壱さんがそんなことを？　黒幕が、廻船問屋の〈伏見屋〉もしくは〈豊島屋〉で、その悪巧みに加担させられたってこと？　やっぱり買収されたのかな」

お花は動揺しながらも勘を働かせる。

「そう考えられるな。そしてその悪巧みの犠牲となったのが、《美男番付》に載った奴らよ。華々しいのが一転、闇の中だ。まったく、人生ってどうなるか分からねえもんだな」

「金、金、金か。どうして人間ってのは、色と欲ってものに目がくらんじまうんだろうねえ。金子なんて、毎日御飯が食べられるぐらいあれば、じゅうぶんなのにさ」

お紋の言葉に、一同はしんみりとなる。目九蔵が声を掠れさせた。

「毎日御飯食べられるだけでも、ほんまに幸せですわ。それ以上の贅沢を願ったりしたら、罰が当たりますわ」

皆、神妙な顔をしつつ、頷いた。お市だけは、心ここにあらずといった体で、ぼんやりとしていたが。お花は努めて明るく言った。

「うちはさ、安くて美味しいもんで、これからもお客さんたちを元気づけようね！　爺ちゃんが志した、《皆を和ますことが出来る店》を目指してさ」

「あんたも本当にいいことを言うようになったじゃない。安くて美味しいのは正義だよ」

お紋の言葉にようやく笑いが漏れたが、お市の顔は強張ったままだ。木暮はさりげなく徳利を傾けたが、それすらも気づかぬように、お市は顔を伏せていた。

目九蔵は少し考えて言った。

「もし、貫壱はんが悪巧みに加担していたとして、目的は金子だけでっしゃろか？　わてはちょっと違うようにも思うんですわ」

「それはどういった料簡で？」と桂が訊ねる。

「へえ。貫壱はん、米問屋に何か関わり合いがあるのかと思ったんですわ。これはわての考え過ぎかもしれまへんが、貫壱はん、お祭りの時にこんなことを言いはったんです。烏賊と鱒のほかに、秋刀魚も使いたかったと。ちょっと奇妙な組み合わせだなあと思いまして、その語呂も引っかかったんですわ。そして、こないだ大女将とお花はんが話してはるのを聞いて、気づいたんです。覚えてはりますか？《美男番付》の皆はんのことを、今にして思えば〝いかさまの益荒男〟だった、と言わはったこと」

「ああ、覚えているよ。貫壱さんが使った烏賊と鱒から、そう連想したんだ」

「偶然の語呂合わせだね、って言ってたんだよね、あの時」

お紋とお花の返事に、目九蔵は頷いた。

「お二人が言わはった〝いかさまの益荒男〟から、わて、ぼんやりと気づいたんです、さんま。貫壱はんが本当に使いたかった食材は、烏賊、鱒、秋刀魚。いか、ます、さんま。少し入れ替えると、いか、さんま、ます。それを繋げると、〝いかさま升〟、になりまへんか？　貫壱はんはあの時、米問屋の〈藤浪屋〉はんに向かって、そないなことを言わはりました。その後、〈藤浪屋〉はんとこの光一郎はんが行方知れずになり、付け火の疑いをかけられて斬られました。これは偶然っちゅうもんですかな？」

誰もが真剣な面持ちで、目九蔵の話に耳を傾ける。目九蔵は続けた。

「もう一つ。貫壱はんがここに妹はんといらした時、妹はんは米が苦手だということも妙に引っかかったんですわ。貫壱はんは米料理があれほど上手なのに、と。そやさかい、妹はんは、米に何か嫌な思い出でもあるんやろかと思ったんです。延（ひ）いては米問屋に、と」

目九蔵の推理を聞いて、お紋は思い出した。

「そういえば二十年ぐらい前には、いかさま升が悪用されていたんだよ。いかさま升を用いたってことで、お咎（とが）めを受けた米問屋が結構あったんだ。たとえば八合判のいかさま升を使えば、米一升のところを八合で売ってしまえるんだよね。同じ値段で少ない量を売って、儲（もう）けを胡麻化そうって算段さ。だから、いかさま升を用いた罪は重くて、斬首になるんだよ。……まさか貫壱さんとお通さんは、それでお咎めになった店の子供だったたってことはないよね」

木暮が口を挟んだ。

「もしくは、だ。いかさま升の疑いがかかるように仕向けられた米問屋の子供だった、とかだ。仕向けたのが同業の〈藤浪屋〉だとしたら、いまだに恨んでいることだろう」

忠吾も口を出した。

「〈藤浪屋〉は、あまり評判のいい店ではありゃせんから。《美男番付》の大関の位を金子で買ったということからも、どのような者たちかは窺い知れやす」

「同業の店を蹴散らして伸し上がったのかもしれまへんわ。非道ですわ」

坪八も出っ歯を剝く。木暮は腕を組んだ。

「同業者に陥れられて、店は没収、親は死罪。路頭に迷った貫壱とお通は、辛酸を舐めただろうな。お通は子供の頃の貧しさが祟って、目が悪くなっちまったのかもしれねえ。それならば、恨んじまうよな、いっそう」

「そんな人生を歩んできたなら、金子に執着してしまうというのも分かるような気はするねえ。貧しい頃、辛かったんだろうよ」

お紋は眉根を寄せる。お花は頭を働かせた。

「ねえ、そうだとしたら、貫壱さんたちのお父っつあんを裏切ったのって、もしや光一郎の父親の大番頭だったんじゃない？　光蔵だっけ？　光蔵は〈藤浪屋〉にいく前は、貫壱さんたちのお父っつあんの店で働いていたのかもしれないよ。その時に〈藤浪屋〉に買収されて、いかさま升を用いていないのに用いたように見せかけて、貫壱さんのお父っつあんを陥れたんだ。そしてそこが潰れた後に何食わぬ顔で〈藤浪屋〉に移って、大番頭の地位を手に入れたんじゃないかな。

「……その恨みを晴らすために、倅の光一郎を嵌めてやったんだよ、きっと」

「そうか。それなら筋は通るな」

木暮は苦い顔で顎をさする。推測は進むも、お市は胸が詰まって何も話せない。

「貫壱さんが夏祭りの時に使った〝烏賊〟と〝鱒〟は偶然ではなくて、故意だったってことか。〈藤浪屋〉に対しての挑戦状だったんだ、貫壱さんなりの」

お紋の言葉に、目九蔵は頷いた。

「そんな気がしますわ。本当なら……やりきれない話ですが」

「光一郎が嵌められた訳はそうだとして、講談師の金彌やほかの男たちは、いったいどうして殺されたり、連れ去られたりしたんだろう」

お花が首を傾げると、お蘭が口を出した。

「どこかで陰間みたいなことをさせられているんじゃないのお？」

すると木暮が答えた。

「うむ。俺たちもそれを危ぶんで、忠吾たちにも頼んで陰間茶屋を隈なくあたってみたが、ついに見つからなかった。それに、光一郎と金彌の遺体は調べに回したが、どちらも陰間をしていたような形跡は見られなかったんだ」

「つまり尻のほうば無事だったたって訳で」

忠吾がいちいち説明する。だがお蘭は唇を尖らせた。

「あらあ、陰間ってのは何も男相手だけじゃないでしょ？　女を相手にしてるのも、中にはいるんじゃない？　そういう男たちは、お尻に形跡は残らないわよお！」

木暮と桂は顔を見合わせる。

「でもよ、お蘭さん。陰間茶屋に遊びに行くのは、やはり男のほうが断然多いようだぜ」

「なにも陰間が働いているのが、陰間茶屋とは限らないでしょ？　そういう男たちを集めた、秘密の場所が江戸のどこかにあるかもしれないじゃないの」

お蘭は切れ長の大きな目を、妖しく光らせる。お陽も口を挟んだ。

「先ほどから、廻船問屋の〈伏見屋〉の名前が出ていますが、その〈伏見屋〉について、あちきたち、ちょっと噂を耳に挟んだんです」

「どんな噂だい？」

木暮は身を乗り出した。

「ほら、前にもこちらで話題になりましたが、某藩の奥方様が窮乏している領地と領民のことを少しも顧みずに贅沢三昧して、世直し人たちに懲らしめられたということがありましたでしょう？　あの藩には〈伏見屋〉が出入りしていて、特に奥方様に気に入られて、色々なものを売っていたというのです」

「〈伏見屋〉とあの奥方様は繋がっていたというんだな」

「はい。その噂が本当だとしたら、こんなふうにも考えられませんか？　奥方様が取り巻きとして引き連れていた若い男たちは、〈伏見屋〉が斡旋した者たちだったのではないか、と」

「〈伏見屋〉は色々なところに土地を持っているでしょ？　そのどこかに、秘密の美男屋敷、みたいなのを作っているかもしれないわね」

お陽とお蘭の話に、木暮たち四人の男は顔を見合わせる。

「そんな秘密の屋敷を、こっそり作ってるって訳か。でもよ、どこにあるか分からんが、そんなところに、人目につかぬよう出入り出来るもんかな？」

お蘭とお陽は微笑み合った。

「奥方様は、深川で時折目撃されていたようよ。わちきもお陽さんも深川の出だから、深川の話はいまだに耳に入ってくるのよお」

「深川って川に囲まれてますでしょ？　あそこでしたら、屋敷の中にまで続く水路を作れば、川から舟でこっそり入っていくことが出来るのではないでしょうか。舟で乗り込んだ後は、水路の門を厳重に閉ざしてしまえばいいのですから」

「深川かあ……これはいい話を聞いたぜ！　お蘭さん、お陽さん、ありがとよ。恩に着るぜ。おう、目九蔵さん、二人に酒をもっと持ってきてくれ。梨が残ってたら、それもな！」

「へえ、ただいま」

目九蔵は急いで板場へ向かう。お蘭とお陽は甘え声で木暮に礼を言った。

「〈伏見屋〉はやはり怪しいって訳だ。奴らが深川に持っている土地を探って、そこに妙な屋敷でも建ててないか調べてやるぜ」

「そこに《美男番付》の連中も閉じ込められていたってことかい？　金持ちの女たちの慰み者になっていたって訳か」

お紋は目を瞬かせる。

「うむ。客には女だけでなく、男もいるかもしれねえな。光一郎や金彌には男を相手にした形跡はなかったが、集められた美男の中には、男を相手にする者もいるかもしれねえ。色々揃えているんだろうよ。それで用済みになると、付け火をさせたり、あるいは殺しちまったりしてるんじゃねえかな」

「脅かされて、付け火などをやらされるんだろうね。お前がさっき寝たのは、武家の奥方だ。姦通罪は死罪になる。それも武家の奥方に手を出したら、どうなるか分かっているだろう。手討ちにされたくなければ言うことを聞け、などと言われてね」

お紋も考えを巡らせる。お花が訊ねた。

「美男四人のうち、二人はまだ死体が見つかってないよね。時次と音松は生きているのかな」

「五分五分だろうな。もしや、江戸にはいないかもしれねえ。どこかに売り飛ばされちまってるかもなあ」

木暮は溜息をつく。すると桂がこんなことを言った。

「あの付け火の現場、変な臭いが漂ってましたよね。あれ、もしかしたら臭水(石油)だったのではないでしょうか。だから燃え方も強力だったのかもしれません」

木暮は顎をさすった。

「臭水……そうか、臭水か。廻船問屋なら、こっそり臭水を運んできて、密かに売買しているかもしれねえな。臭水といえば、越後だ。若い男たちを連れてきて、躰を売らせた後は、臭水を掘らせに越後に送っているとも考えられるな。二重の人身売買だ」

「だから女たちではなく、男たちを集めていたのかもしれやせんね。春を売らせた後で、重労働させるために」

「ぶっ倒れるまで、こき使われますわな。越後の山ん中で息絶えた者も、結構いたんちゃいますぅ？」

忠吾と坪八とともに、お花も揃って腕を組む。

「毬代も共犯だったんだろうね。めぼしい美男を集めて連れてくるなんてことを、〈豊島屋〉に頼まれる前から、〈伏見屋〉に力添えしてたのかもね」

桂は眉根を寄せた。

「そういえば……木暮さんと毬代の家にいった時、よい越後の酒があると言って勧(すす)められたんですよ。もちろん呑みませんでしたが。もしや、〈伏見屋〉が越後にいった時に、美男の紹介の御礼に酒を買って、毬代に渡していたのかもしれません」

「毬代は貫壱と一緒に、その阿漕(あこぎ)な裏稼業に加担していたんだろうよ。デキていたっていうならな」

木暮はお市を気にしつつも、うっかり口が滑って下世話な言い方をしてしまう。お市を気遣いながらも、皆、もう推測を止めることは出来なかった。

「でもどうして、あの二人は、わざわざ人前で喧嘩したり、わざとらしいことを言ったりしたんだろう」

首を傾げるお花に、お紋が答えた。

「恐らく、豊島屋の手前じゃないのかい。豊島屋には自分たちがデキていると知られたくなかったんだよ、決して。豊島屋と毬代の関係が実のところどうなのか知らないけれど、豊島屋が毬代を芸者の頃から贔屓(ひいき)にしているのは確かだろ。ならば、毬代と貫壱さんが密かにデキていれば、豊島屋が怒るのは当然だ。貫壱さんだって豊島屋には、なんだかんだで贔屓にされてるんだ、お祭りに駆り出されたりね。

豊島屋からしてみれば、その二人が付き合っていたら、俺に黙ってけしからん、俺を虚仮(こけ)にしやがって、となるだろうよ。豊島屋は成り上がりだけれど、なかなか自尊心が強いからね。だからああして、豊島屋に勘づかれぬうちに、我々は非常に仲が悪いんだ、と印象づけようとしたんじゃないかな。

もっと深読みするなら、うちの店には八丁堀の旦那方が集まっているだろう。

そこを逆手にとって、ああやって険悪な仲を演じることによって、同じ悪事を働く仲間と疑われないようにしたのかもしれない。先手を打ったって訳だ」

「大女将、冴えていらっしゃる」

今度は桂に徳利を傾けられ、お紋はありがたく盃を差し出す。木暮は苦笑した。

「まあ、そんな小細工をしたが、ばれちまったって訳だな。目九蔵さんの鋭い嗅覚でよ」

「我々を見くびってはいけねえよな！」

お花が調子に乗ると、笑いが起きた。

するとお市はふらりと立ち上がり、板場へと向かった。目九蔵が追いかけようとすると、お紋が引き留めた。

「いいよ、大丈夫だ。そっとしておいてやってよ」

目九蔵は肩を落とした。

「わて……やはり、よけいなことを話してしまったようですわ。奉行所へ行って、旦那方に直接お話ししようかとも思ったんですが、なかなか時間が取れへんで。なるべく早くお伝えしたほうがいい思うて、それで、女将がおらはるのに、話してしまったという訳ですわ。女将のお気持ちも考えんと……わて」

木暮は目九蔵の背中をさすった。

「いや、俺は礼を言うぜ。話してくれて本当にありがたかった。おかげで一気に推測が進んだものな。そしてよ、俺たちの推測が正しかったとしたら、女将は貫壱の正体を知れてよかったと思うぜ。傷を負ったかもしれねえが、今ならまだ深手にはならねえだろうからな。女将、そのうち気づくぜ。目九蔵さんに貫壱がどんな男か教えてもらって、本当によかった、ってな」

木暮に励まされ、目九蔵は頷く。お紋も目九蔵の肩を叩いた。

「私からも礼を言うよ。あの子、今は気が動転しているだろうけれど、落ち着いたら、旦那が言ったように、目九蔵さんに感謝するよ。大丈夫、小娘じゃないんだから」

「そうよお。お祭りで見かけたけれど、貫壱さんがちょっといい男だったから、女将さん、気が迷っちゃっただけよお。でも、ああいう男は危ないって、わちきは一目見て思ったけれどねえ」

しどけなく足を崩すお蘭を眺め、木暮はにやりと笑う。

「さすがはお蘭さんじゃねえか。男を見抜く目を持ってるな」

「あらあ、わちきやお陽さんみたいな女を見くびらないでほしいわあ。わちきたち、深川にいる頃から、〈伏見屋〉の大旦那ってなんか胡散臭い（うさんくさ）いと思ってたものお！」

「だから、皆さんの推測を伺いながら、あの大旦那ならやりかねないと納得していたんです」

「おや、お二人は〈伏見屋〉の大旦那を知ってるのかい？」

木暮はまたも身を乗り出す。

「知ってるわよお。あの大旦那、深川界隈では名高いものお。色々な意味でねえ。わちきはお相手したことなかったけれど、噂はよく耳にしたわあ」

「あちきはお座敷に呼ばれたことが何度かありました。確かに好色な人ですが、女が嫌がるようなことを無理やりするような人ではなかったです。お座敷では、よくお金のことを話していましたね」

「なるほどなあ」と木暮は顎をさすった。

「豊島屋は《美男番付》を考えただけで、やはりこの一連の事件には関わり合いはなさそうだ。そこで〈伏見屋〉に的を絞ることにしよう。だが、〈伏見屋〉が美男たちを人身売買しているというのは、あくまでまだ推測の域を出ねえんだ。

証拠がないってことだ。そこで、だ」

木暮はお蘭とお陽を、有無を言わせぬ眼差(まなざ)しで、じっと見やった。

「お前さん方を見込んで、お願(ねげ)えしてえことがあるんだが、頼まれてくれねえか」

お蘭とお陽は目を大きく瞬かせた。

二

木暮に〈伏見屋〉の大旦那である孫右衛門(まごえもん)を軽く探ってみるよう頼まれたお蘭とお陽は、店の近くで早速待ち伏せをした。〈伏見屋〉は鉄砲洲(てっぽうず)の本湊町(ほんみなとちょう)にある。

〈伏見屋〉は、今は倅の孫兵衛が差配しているので、孫右衛門は店を仕切ってはいるものの自適にしていることは調べがついていた。

店から孫右衛門が一人で出てくると、お蘭とお陽は気取(けど)られぬよう後を尾(つ)けた。

孫右衛門は枯茶(からちゃ)色の着物を纏(まと)い、髪も眉も白いが、堂々たる風貌だ。

孫右衛門が稲荷橋を渡ったところでお陽がしどけなく声をかけた。

「あら、〈伏見屋〉の大旦那様じゃありません？」

孫右衛門は振り返り、お陽を舐めるように見た。お陽は艶やかな笑みを浮かべ、孫右衛門に近づく。

「深川の〈はる屋〉におりました、豆千代です。その節は御贔屓にあずかり、まことにありがとうございました」

孫右衛門は手をぽんと打ち、目を瞬かせた。

「おお、豆千代か！　どこかで見た覚えはあったが、そんな姿だから分からなかったわい。芸者をあがったというのは聞いていたが、今は何をしておるのじゃ」

お陽は科を作り、若紫色の着物の袂で、口元をそっと隠す。

「はい。常磐津の師匠の看板を掲げるため、精進しております。特訓の甲斐ありまして、来月にでも叶いそうですわ」

「おお、そうか。それは楽しみじゃな。お前さんは三味線が得意だったものなあ」

「大旦那様、覚えていてくださって光栄ですわ」

お陽が流し目で見ると、孫右衛門は好色な笑みを浮かべた。

「お前さんの三味線には楽しませてもらったよ。好きだから続けられるのだろう。で、これからまた特訓なのかい？」

「いえ、今日はその合間を縫って、連れと久しぶりに遊びにいこうと思いまして。ほら、貴女(あなた)もいらっしゃいな」

お陽が手招きすると、少し離れたところに佇(たたず)んでいたお蘭が、しとしととやって来た。

孫右衛門はお蘭を不躾(ぶしつけ)に眺め、にやりと笑った。

「うむ、お前さんも深川にいただろう？　どこかで見たことがあるぞ」

「はい。わちきは遊女屋におりましたあ。残念なことに旦那様のお相手をする機会には恵まれませんでしたが、旦那様のことはかねがね存じておりましたあ。今日お会い出来て、まことに嬉しいですう。わちきはお蘭と申しますう。お見知りおきくださいませ」

お蘭は少し鼻にかかる甘い声で挨拶し、恭(うやうや)しく頭を下げた。その白く華奢(きゃしゃ)なうなじに目をやり、孫左衛門は鼻の下を伸ばす。

二人の美女に挟まれ、孫右衛門はにやけっぱなしだ。孫右衛門は周りを見回しながら、二人に耳打ちした。

「こんなところで立ち話もなんだから、まだ明るいが一杯やるか。再会を祝してな」

お陽とお蘭はともに頷き、ほくそ笑んだ。

孫右衛門は二人を連れて、少しいった先の日比谷町(ひびやちょう)の料理屋に入った。ちなみに北紺屋町の〈はないちもんめ〉とそれほど離れていない。

三人は鯉(こい)料理を味わいながら、灘(なだ)の下り酒を堪能した。鯉はこの時代、上魚中の上魚だ。孫右衛門の羽振りのよさが窺い知れるだろう。

「この〝鯉の揚げ煮〟って美味しいわあ。頰っぺた落ちそうよ。揚げた鯉に甘酸っぱい餡を絡ませて少し煮てるのね」

「〝鯉こく〟も、お味噌が利いていて堪りません。胃ノ腑に染み込んで、元気が出て参ります」

美女が鯉を突(つ)つく姿を眺めながら、孫右衛門は手酌で酒を呑み、薄笑みを浮かべた。

「清(しん)では鯉は上薬と言われるからな。躰の悪いところが癒されて、精力が漲(みなぎ)ってくるだろう」

「あら大旦那様はいつもこんなに上等なものを召し上がってるから、それほどお肌の色艶がよろしいのねえ」

「精力があり余っていらっしゃるのでは？」

「毎日、女人を取っ換え引っ換えではないですかあ？」

お蘭とお陽は顔を見合わせ、ふふふ、と笑む。孫右衛門は小鬢を掻いた。

「わしはもう歳だからなあ、この頃はちょっと変わった趣味になってしまったんじゃよ」

「あら、どのような？」

二人に見つめられ、孫右衛門は目を光らせる。

「たとえばだな、お前さんたちみたいな美女が、ほかの男とまぐわっているのを見て、愉しむとかな」

「あら、やだあ。そういうの刺激的ですわあ」

「そうだろう？　見られるほうも、見るほうも、愉しめる。最高じゃよ」

孫右衛門は酒を舐めつつ、お蘭とお陽の着物や簪をじろじろと見る。

「どうだい、お前さんたち？　そういうの、やってみたくないか？」

お蘭はしどけなく後れ毛を直しつつ、答えた。

「是非、一度やってみたいですわあ。わちきの旦那様だってもうお歳ですから、最近構ってくれませんの。わちき、持て余してるんですう」

「深川からあがって平々凡々に暮らしているから、あちきたち最近そういう刺激に飢えているんです」

孫右衛門は獲物を狙う目で二人を見ながら、にやりと笑った。

「遊びたいなら、若い男を紹介してやってもいいぞ」

そらきたと、お蘭とお陽は顔を見合わせる。

「ええ、ホントですかあ？　考えてみようかしらあ。どんな男たちなんでしょう？　わちき、美男じゃなきゃ嫌ですう」

「もちろん、粒ぞろいの美男たちだ。遊ぶのに、多少金子はかかるがな」

「あら、別にそれは構いません。若くて美しい男と楽しめますなら」

「でも、お前さんたちの旦那が知ったら、逆上するんじゃないか？」

「そうですねえ……間夫なんて生かしてはおかないかもしれませんわあ」

お蘭が妖しい笑みを浮かべると、孫右衛門もほくそ笑んだ。孫右衛門は二人に告げた。

「お前さんたちのこと、気に入ったよ。その気になったらいつでも、わしのところを訪ねていらっしゃい。まあ、今後ともひとつ、よろしくお願いするよ」

そして孫右衛門はぽんぽんと手を打ち鳴らし、仲居を呼んだ。

「失礼します」

襖（ふすま）を開けて部屋に入ってきた仲居に向かって、孫右衛門は言った。

「酒をもっと持ってきてくれ。この二人に〝鯉飯〟もお願いするよ」

「かしこまりました」

孫右衛門は仲居を眺め、笑みを浮かべた。

「お前さんは最近入ったのかい？　初めて見る顔だねえ」

「……はい。よろしくお願いいたします」

孫右衛門の好色な目で見られ、動揺したのだろう、仲居は空の徳利を下げようとして手を滑らせそうになった。

「申し訳ございません」

仲居が平謝りで下がると、お蘭は孫右衛門に訊ねた。

「このお店、よくいらっしゃるんですかあ」

「まあ、月に四、五回は来てるね」

「今の女の人、なかなか綺麗（きれい）ですねえ。大旦那様ぁ、もう目をおつけになったんじゃありません？」

孫右衛門は、ふふ、と笑った。

「あんなのは、まだ子供だ。わしはもう少し熟れてる女たちのほうが愉しいよ。お前さんたちみたいにな」

「まあ、お上手ぅ」

お蘭とお陽は悩ましく笑った。


やはり何かがあると摑んだお蘭とお陽は、孫右衛門と別れるとすぐ、木暮に報(しら)せにいった。木暮は二人に礼を述べた。

「潜入するのは危険だから、これ以上はやらなくていい。俺に黙って孫右衛門に近づいては絶対に駄目だぜ」


木暮は貫壱に話を聞くことにして、桂と一緒に下谷広小路の仕事場へと向かった。どうにかして、貫壱を無理にでも引っ張ってくるつもりだったのだ。だが、仕事場の料理屋に、貫壱はまだ来ていなかった。

何やら嫌な予感がして、二人は、貫壱が妹と一緒に住んでいる、福井町(ふくいちょう)の長屋へと急いだ。

しかし、そこにも貫壱の姿はなかった。

薄暗い長屋の部屋では、お通がぐったりとしていた。

「大丈夫か？」

木暮と桂が声をかけると、お通は弱々しく頷いた。

「貫壱はどこだ？」

お通は掠れる声で答えた。

「兄さんは……たぶん、殺められました」

お通は顔を伏せたまま、淡々と話した。

「私が両国の小屋から帰ってきた時、ちょうど兄さんが何者かに刺される気配を感じたのです。その何者かは、私を突き飛ばして逃げました。私は震えながら、兄さんに近づきました。兄さんは私に、ごめんな、と一言呟くと、私の頰を撫で、躰を引きずるように出ていってしまったのです」

畳には血が滲んでいた。木暮と桂がお通に近づいてよく見ると、お通の頰と手にも血の痕があった。

木暮は桂にお通の傍にいるように告げて、柳橋の毬代の住処へと向かった。だが、そこは既にもぬけの殻だった。

数日後、貫壱の遺体が川から揚がった。背中に短刀で突かれたと思われる刺し傷がある。木暮と桂は死体を検めた。

「下手人は、返り血を浴びたでしょうね」

「あるいは抱き合うように背中に手を回して、一思いに刺したかだ。それならば返り血を浴びることはないからな」

「その殺め方が出来るのは、親しい間柄の者ですね」

木暮は頷いた。

「貫壱はどうして、刺されたまま家を出ていったのでしょう」

「恐らく……もう助かる見込みはないと察知して、妹の前で、哀れな死に方をしたくなかったんじゃねえかな。最期までカッコつけたって訳だ。貫壱らしいぜ」

「そして彷徨い歩いているうちに力尽きて、川に落ちてしまったのでしょうね」

二人は貫壱の遺体に手を合わせた。

必死で探っているものの、毬代の行方は杳として知れなかった。

その夜、貫壱の死を知ったお市は、眩暈を起こして倒れこんでしまった。木暮から話を聞いたお紋が、店を終った後で、お市に話したのだ。お紋が布団を敷き、お花がそこにお市を寝かせ、夜が明けるまで交互に様子を見た。

　お市はなかなか起き上がることが出来ず、お紋は一日休ませることにした。昼餉を食べにきた木暮が、お紋に訊ねた。

「女将、どんな様子だ？」

「うん。……やはり衝撃だったようだね。酷く気落ちしているよ。何も食べずに、寝たままだ。死因が病や事故っていうんじゃなくて、殺されたっていうのが、なんとも辛いんじゃないのかね」

「そうだろうなあ。女将には酷だよな。……本当に、ときめいていたみたいだったからな。おぼこ娘みてえな顔してよ」

　お市の胸の痛みが分かるのだろう、木暮も浮かぬ顔だ。お紋は苦笑した。

「まったくお人好しだねえ、旦那は。まあ、そこがいいんだけどさ。貫壱さんって二枚目で、優しげだったたからね。それでついふらっとしちまったんだよ、お市も。でも実は悪党だったって訳で、殺されたのだって自分が招いたことだったんだろうよ。お市だって分かってるのさ。そんな男を信じてしまった自分に対して、愚かだったという思いもあって、それでよけいに苦しいんだろうよ。まあ、つまりは、旦那みたいに二枚目じゃなくても、不器用でも、根っから単純でも、そういう男のほうが実は頼りになるってことさ！」

「なんだか褒められてんのか貶されてんのか分からねえぜ」

ぶつぶつ言う木暮の肩に、お紋はそっと手を載せた。

「褒めてるんだよ。ねえ、旦那。お市を励ましてやってよね」

「うむ。まあ、今日はそっとしておいてやろうぜ。俺はいつだって近くにいるから、大丈夫だ」

「頼んだよ、旦那」

木暮はお紋に頷いた。

木暮たちは伏見屋孫右衛門をどうにかして挙げようと、伏見屋が深川に持っている土地を調べ上げ、怪しげな建物に目星をつけていった。

すると、清水町の土地に建つ屋敷がどうも臭いので、そこを見張ることにした。

その屋敷は水路が作られ、近くの川から舟で中に入れるようになっている。忠吾と坪八にも頼んで四六時中見張っていると、金持ちの商家のお内儀や後家たちが出入りしていることが分かった。時には大奥の女と思しき者も。

粘り強く張り続けると……桂が、なんと火盗改方与力の筒見主計が出入りするところを目撃してしまった。

筒見は、長屋の付け火の時、光一郎を斬った男だ。

「あの中に美男どもが押し込められ、玩具にされてるって訳だな」

「推測したように、さんざん弄んで、用済みになると、付け火などをさせて消してしまっていたんでしょうね」

「そういや長屋の付け火の二月前に火事があった土地も〈伏見屋〉のものだったが、三月前に火事があった土地も〈伏見屋〉が所有しているものだった。そして両方とも下手人は若い男で、共に筒見様に捕らえられて、共に牢の中で死んでいる」

「筒見様が……殺ってしまったんでしょうか」

木暮と桂は顔を曇らせ、溜息をつく。桂が続けた。

「筒見様は男も女も好む、両刀のようです」

「〈伏見屋〉のやっていることをお目こぼしする代わりに、男と女を斡旋してもらい、金子も受け取っていたんだろうな」

「火盗改方と繋がっていれば、自演の付け火を揉み消すなど、訳ありませんからね」

「筒見様も仲間だったたって訳か。なるほど、謎が解けたぜ。長屋の付け火の時、俺が不思議だったのは、光一郎はどうして逃げもせずにあの付近に隠れていたのかということだったんだ。逃げようと思えば、逃げられただろうに、と。……あれはきっと、筒見様に言われていたんだな。付け火の後、どこぞに目印の蠟燭を持って隠れていろ、俺が逃がしてやるから、と。その言葉を信じて、光一郎は約束の場所で待っていたのだが、筒見様に裏切られて、下手人として斬られちまったんだ」

「そういう訳だったのですね。……酷い話です」

「だがよ、火盗改方与力じゃ、またも手が出せねえよなあ。悔しいがな。せめて、〈伏見屋〉のほうはどうにかとっ捕まえてやろうぜ」

木暮と桂は顔を引き締めた。

お市はどうにか店に出て働いてはいたが、やはり酷く気落ちしており、窶れたのは誰の目にも明らかだった。

いつものように酌をしてもらいながら、木暮はちらちらとお市を窺う。無理して微笑むお市が痛々しくて、木暮は目を伏せた。

どこからか、虫の音が聞こえてくる。木暮は、酒で濡れた唇を、そっと舐(な)めた。

「前にさ、女将、言ってたよな。上手くいかないこともあって、だから人生って面白いんじゃない、って。あれ、いい言葉だと思ったぜ。生きれば生きるほど、色々なことが起きるって訳だ」

お市は黙って木暮の話に耳を傾けている。木暮は酒を啜り、顎をさすった。

「だからよ、今のこの瞬間を大切に生きるべきなんだ、人間ってのは。行く末をいくら心配しても、埒(らち)が明かねえ。来(こ)し方(かた)を思い悩んだって、仕方があるめえ。だってすべては過ぎ去ってしまったことだからな。よいことだって悪いことだって、帰ってこねえんだ。思い出としてとどめておくならまだいいが、来し方のよいことにしがみついて生きれば、今から目を逸(そ)らしていることになる。来し方の悪いことにしがみついて生きれば、気鬱(きうつ)になっちまう。だからよ、女将。今、自分を支えてくれている者たちのためにも、今を大切に生きなくちゃな」

木暮に優しい目で見つめられ、お市はうつむく。言葉に詰まるのか、やっとの思いで、お市は小声で、はいと答えた。

今度は木暮が、お市に酌をする。盃を両手で持ち、静かに啜るお市の傍で、木暮は煙管(キセル)を燻(くゆ)らせる。木暮がこの店で煙草を吸うのは、お市と二人の時だけだ。

秋の夜の静寂(しじま)の中で、木暮とお市は言葉少なく寄り添う。

少しして木暮が厠(かわや)に立ち、戻ってくるところで、お紋に呼び止められた。お紋は木暮を店の隅に引っ張っていき、声を潜めた。

「旦那、言ってただろ。どうにかして、〈伏見屋〉のあの怪しげな屋敷に潜入出来ないものかって。その役目、私が受けて立つよ」

木暮は目を瞠(みは)った。

「そんな危ない真似、させられねえよ」

「大丈夫だよ！　私みたいな婆さんなら、危険な目には遭わないよ。足腰揉んでもらうだけで終わっちまうだろうからね」

「でもなあ。何かあったら申し訳が立たねえからなあ」

首筋を掻く木暮に、お紋は笑った。

「平気、平気、任せておいてよ！　潜り込む費用さえ出してもらえれば、上手くやるよ」

「ちゃっかりしてやがる」

木暮は顔を顰めつつ、考えを巡らせた。

「しかしなあ、どうやって潜り込むかだ。あそこに入れるのは、伏見屋と面識がある者か、面識ある者から紹介された者に限られるみてえだからなあ」

「なら、お蘭さんに力を貸してもらえないかね？　お蘭さんに私を紹介してもらうんだよ。たとえば……笹野屋の大旦那の妹あるいは従妹(いとこ)ってことにしてさ」

木暮はお紋をじっと見て、腕を組んだ。

「うむ。なるほど、それなら出来なくはねえかもな。あの大旦那の妹もしくは従妹で、後家って設定だな」

「そうそう、男日照(ひで)りで、お蘭さんにいつも愚痴をこぼしていたら、お蘭さんがいいところがあるわって教えてくれて……って感じさ。その後家の役を私が演じるんだよ！」

「もちろん、あの大旦那には内緒で、って設定だな」

「そうさ！　でも、実際は笹野屋の大旦那には話しておいたほうがいいね。もしや力添えしてくれて、着物を貸してくれるかもしれないし、潜り込む費用だって少しは助けてくれるかもしれないよ」

「ああ、それはあるかもしれねえなあ。なんてったって大店だもんなあ、あそこは」

　木暮は納得し、お蘭に頼んで笹野屋宗左衛門にかけ合ってもらうことにした。

　お蘭に甘い声で頼まれれば宗左衛門に拒むことは出来ぬようで、お紋が自分の従妹であるという設定を許してくれた。妹ではなく従妹としたのは、密な関係でないぶん綻びが出にくいと考えたようだ。

　さらに大店の大旦那の従妹に見えるよう、着物や帯も貸してくれた。また、宗左衛門は気前よく、潜入の費用も請け負ってくれるという。

「申し訳ない、色々頼んじまって、御厚意に甘えちまって」

　頭を下げる木暮に、宗左衛門は笑って答えた。

「いえいえ、この世は、持ちつ持たれつですよ。その代わりと言ってはなんですが、うちの店に何かあった折には、ひとつよろしくお願いいたします」

　鶴と亀が描かれた扇子を扇ぐ宗左衛門は、妾のお蘭と同じく、天晴な御仁ということだ。

お蘭とお陽は早速お紋を連れて、伏見屋孫右衛門に会いにいき、斯く斯くしかじかで、お紋が美男たちと遊びたがっているということを話した。場所は、先日と同じく、日比谷町の鯉料理が名物の店だ。

孫右衛門はお紋を不躾に眺めて、薄笑みを浮かべた。

「笹野屋さんの従妹だけあって、さすがにいい着物をお召しだ。なるほど、御主人を亡くされて五年ですか」

「ええ、寂しくてねえ。だから、慰めてくれる人がほしいんですよ」

孫右衛門はお紋に酌をした。

「分かります。そういう方、たくさんおられますよ。臆病にならずに、また新しい愉しみを見つければいいのです。お力添えしますよ」

「まあ、ありがとうございます」

お紋は袂をそっと口元にやり、ほほほ、と笑う。孫右衛門はお蘭とお陽に訊ねた。

「お前さんたちもお紋さんと一緒にくるだろう?」

「いいえ、わちきたちはまた別の日に、二人で参りますう。お紋さんが空いている日は、わちきたち忙しいので。残念ですう」

「あちきたちは、来月に入ってから、ゆっくりお伺いしたいと思っております」

「なるほどね……では、まず手始めにお紋さんから御案内させていただこう」

孫右衛門は酒を舐め、にやりと笑った。


その二日後、お紋は〈伏見屋〉の怪しい屋敷についに乗り込むことになった。お紋はいつになく丁寧に化粧を施し、宗左衛門が見立ててくれた着物を纏った。黒地の友禅は、肩のあたりに金糸が施され、裾に花模様が絢爛に刺繍されている。それに、弁柄色の帯を締めると、気分が高まってくる。

お紋は庄平からもらった臙脂色の帯締めをお守り替わりに結んで、帯前をぽんと叩いた。

「これでよし、と。金子と暇を持て余す、どこぞの後家になったつもりで、張り切らないとね」

独り言ち、お紋は鏡に向かって笑みを浮かべた。

お紋が約束の場所へと行くと、孫右衛門の使いの下女が待っていた。下女に連れられ、お紋は舟に乗り、深川は清水町の〈伏見屋〉の屋敷へと入っていった。

六つ半（午後七時）を過ぎ、もう薄暗い。舟を下り、広い庭を横切り、屋敷の中へ通されると、お紋は目を瞠った。

——作りといい、調度品といい、なんて豪華なんだろう。それに、どことなく異国の香りがする——

明かりが煌々と照る中、下男たちに恭しく招き入れられ、お紋は少々たじろいだ。そこはお紋が初めて見るような世界だった。

屋敷は二階建てで、部屋がいくつもあり、どこからか甘やかな香りが漂ってきて、時折嬌声が聞こえてくる。

大きな広間に通され、お紋は目を見開いた。

あちこちで、遊びにきた女が若い男と戯れているのだ。ある者たちは抱き締め合い、またある者たちは酒を口移しで呑み合っている。

賭け事を愉しんでいる者もいれば、唄い踊って大騒ぎしている者たちもいた。若い男と年増の女の組み合わせが多いが、男同士の組み合わせも見受けられる。

ここに来るお客は、やはり女だけでなく男もいるようだ。

——凄い光景だねえ。女が遊びにくる廓みたいなもんだね、こりゃ——

お紋が席につくと、下男が酒を運んできた。

ギヤマンの湯吞みに注がれた赤銅色の酒を見て、お紋は目を瞬かせる。下男は愛想よく微笑んだ。

「こちらは、珍蛇という御酒でございます。高値のものなので殆ど目にすることはございませんでしょうが、この屋敷では常に用意してございます。この特別な機会に、どうぞ御賞味くださいますよう」

珍蛇とは、赤ワインのことである。下男が恭しく一礼して下がると、お紋はギヤマンの湯吞みを手にして、顔に近づけた。

——独特な香りだね。これは何から作られているんだろう？——

そんなことを考えながら珍蛇を口に含む。舌でゆっくり転がし、お紋は眉を微かに動かした。

——甘味はあるけれど、なんとも渋い味だね。酸っぱいし。これは葡萄から出来ているのかね？　でも目九蔵さんが作る葡萄酒などとはまったく違った味わいだ。……もしや、異国の酒なのかい？　ならば、〈伏見屋〉は抜け荷もしているということじゃないか——

お紋は珍蛇を味わいつつ、考えを巡らせる。

ちなみに珍蛇、つまりは赤ワインが日本に伝わったのは室町時代後期と言われるが、江戸時代には御禁制の品となっていた。珍蛇という名は、一説にはポルトガル語でワイナリーを表すQuinta（キンタ）に由来しているという。

お紋が珍蛇を半分ほど呑んだ頃、先刻の下男が、今度は料理を持って現れた。

「〝鯨肉（げいにく）の珍蛇煮〟でございます。その名のとおり、鯨（くじら）の肉をこの珍蛇で煮込んだものでございます。珍蛇で煮ますと、鯨肉の生臭さが消え、まことに軟らかくよいお味となります。どうぞ御賞味くださいませ」

下男はまたも丁寧に一礼し、下がった。

目の前の皿を眺め、お紋は瞬きをする。

――料理まで出るとは思わなかったよ。鯨肉を珍蛇で煮込むと、どんな味になるんだろうね――

お紋は箸を伸ばして、一口食べてみた。

――ふむふむ。これはいい味だ。ほかには生姜と大蒜が入ってるね。味付けは醬油と味醂で、珍蛇を加えて煮込んだという訳か。胡椒（こしょう）がまたピリッと利いていいね。鯨肉の臭みが消えて、軟らかくなっている。舌の上で蕩（とろ）けそうだ。うん、なんともコクがあって美味しい。珍蛇は料理に使ったほうがよさそうだね

――

お紋はそんなことを考えつつ、〝鯨肉の珍蛇煮〟をぺろりと平らげた。

再び珍蛇を味わいつつ、お紋が広間を眺め回していると、下男がやってきて告げた。

「お仕度が出来ましたので、そろそろ如何でございましょうか。お部屋に御案内させていただきます」

作り笑顔の下男にじっと見つめられ、お紋は柄にもなく怖気づく。お紋もやはり緊張しているのだ。はやる胸をどうにか抑えようと、珍蛇をぐっと呑み干した。

お紋を部屋へと案内する際、廊下を歩きながら下男は確認を取った。

「御希望は、おとなしくて、優しくて、小柄な若者ということで間違いございませんね？」

「はい、間違いございません」

お紋は単に、そういう男なら安全だと思ったのだ。もし万が一、向こうが無謀な行為に及んでも、殴り飛ばして逃げることが出来るだろうと。

「それで、御希望の御行為についてですが。躰、特に足腰の揉み解し、のみで本当によろしいのでしょうか？」

「はい。是非、それでお願いいたします。……私、何分こういうところは初めてですからね、照れてしまいまして」

お紋は黒い袂で、そっと口元を押さえる。下男はにやりと笑った。

「かしこまりました。では本日は揉み解しのみ、ということで承ります。お紋様のような方、多くいらっしゃるのですよ。初めは照れてしまって大胆なことは出来ないと仰るお客様は。でも当屋敷にお通いになるうちに、変わられるのです。味を占めてしまわれるんですね」

下男は唇の端に歪んだような笑みを浮かべ、奥の部屋の前で止まった。

「中で本日お相手させていただきます、夢二が待っております。十七歳の美男子と、どうぞ心ゆくまでお楽しみくださいますよう」

下男に襖を開けられ、お紋は恐る恐る中へと入った。いざとなるとやはり足が竦んでしまう。夢二はまるで女の子のような若者で、三つ指をついてお紋を迎えた。

「お相手させていただきます夢二と申します。本日はお紋様にお会い出来て、まことに光栄に存じます。精一杯務めさせていただきますので、よろしくお願いいたします」

夢二は礼儀正しく挨拶を述べ、顔を上げてにっこり微笑んだ。白菊のような楚々(そそ)とした愛らしさに、お紋はなんだか拍子抜(ひょうしぬ)けする。

お紋は襦袢(じゅばん)姿になって寝そべり、夢二に肩から順に躰を揉み解してもらった。

「ああ、いい気持ちだねえ」

お紋は目を細める。夢二は熱心に揉み解していく。慣れているのか、とてもよい力加減だ。

「私ぐらいの歳になるとね、こうしてあんたみたいな若い美男に触れてもらってるだけで、じゅうぶんなんだよ。ああ、若返るよ」

調子よく話すお紋に、夢二は時折合いの手を入れるぐらいで、おとなしい。

「ねえ、さっきから気になっていたんだけれど、屋敷に漂っている匂いはなんなのだろうね？　もしや異国のお香なのかい？　甘やかだけれど、頭がちょっとくらくらしてくるね」

「はい。異国ではなく日本のお香と聞いております」

夢二は愛想はよいが、きつく口止めされているのか、話を吹っかけても余計なことは決して喋らない。

「ねえ、《美男番付》の大関や関脇になった人、ここにいなかったかい？　あんたみたいに働いてなかった？」

などと訊ねてみても、

「よく存じません。ここでは、働いている者の秘密は守られておりますので、誰がどのような者なのか、私たちの間でもよく分からないのです」

と答えるばかりだ。

お紋は思った。

――この夢二も、さっきの下男と一緒で、作り笑いなんだろうよ。まだ十七だっていうのにね――

脹脛（ふくらはぎ）を揉まれながら、お紋は話題を変えてみた。

「結構、稼いでいるんだろう、ここで」

夢二は微笑んで答えた。

「はい。お仕事させていただきながら、色々学ばせていただいています」

「そうかい。しっかり貯めておいたほうがいいよ。無駄遣いせずにね」

「はい。金子を貯めて、長崎に絵画の遊学をしたいと思っております。こちらの主様（あるじさま）にも勧めていただいておりますので」

「長崎か……いいねえ」

よからぬ考えが浮かび、お紋は口を噤（つぐ）んだ。

——もしや長崎に遊学させてやるなどと言って、貯めた金子を遊学費として巻き上げ、長崎ではなく越後に送っちまう……なんてことはしてないよね。それが手口だとしたら、いずれこの子も……——

夢二はどうやら、この先、殺められたり、遠いところに送られたりなどということが待ち受けているとは、夢にも思っていないようだ。

彼らを買いにくる女たち、あるいは男たちも、巷（ちまた）で起こっている事件のことなどは話さないのだろう。もしくは、この屋敷の者たちに、話すことを禁じられているのかもしれない。その掟（おきて）を破ったら自分もどうなるか、ここのお客たちは分かっているようだ。

時間がくると、夢二に手伝ってもらって、お紋は身を整えた。下男が呼びにきて、夢二は再び三つ指を突いて礼を述べ、お紋を送り出した。

帰り際、お紋は下男に忠告された。

「ここでのことは、出来れば口外なさらないように。選ばれた者たちが密かに愉しむ場所ですので」

下男はもう笑ってはいなかった。その目の鋭さにお紋は一瞬怯（ひる）む。

「当然ですよ。こんなに楽しい場所、もったいなくてほかの人に易々と教えることなんて出来ませんよ」

下男の目つきがやや和らいだが、その時、別の下男がやってきた。目配せし、下男同士で声を潜めて話す。ちらちらとお紋のほうを見ながら。

お紋は何か不穏なものを感じ、身が竦んだ。

話が終わると、下男はお紋に訊ねた。

「失礼ですが……貴女、もしや、どなたかの手先ですか？」

射るような鋭い眼差しに、お紋は一瞬総毛立つ。

――さっき、夢二って子に訊ね過ぎたのかもしれない。それであの子、不審に思って、まさか告げ口したんじゃ――

絶句してしまったお紋に、下男は更に問いかけた。

「貴女を紹介した二人の女人は、どうやら八丁堀の役人と繋がりがあるとの報せが入ったのですが、貴女もお仲間の一人ですか？」

二人の下男に挟まれ、お紋の顔から血の気が失せていく。お紋がふらりとしたその時、背後で麗しい声が響いた。

「あら、お久しぶり！」

お紋が振り返ると、見知らぬ女がこちらを見て微笑んでいる。高価そうな着物を纏った、すらりとした美女だ。美女は駆け寄ってきて、お紋の手を握った。

「御無沙汰していてごめんなさい。会いたかったわ」

下男は拍子抜けしたような顔で、美女に訊ねた。

「お島様、こちらの方をご存じなのですか？」

「ええ、私と旧知の仲ですわ！……なに、どうかなさったの？　こんなところで立ち止まっていて」

美女に軽く睨まれ、下男は急に態度を改める。

「い、いいえ。失礼いたしました。お島様のお知り合いとはつゆ知らず。御無礼をお許しくださいますよう」

下男は深々と頭を下げる。お紋は見知らぬ美女に肩を抱かれて、屋敷をすっと出た。

庭を横切ると、舟が待っていたので、お紋と美女は一緒に乗り込んだ。屋敷から遠ざかっていく間、お紋は舟の上でずっと考えていた。

——この、お島さんという人は、どうして私を庇ってくれたんだろう。どこかで会ったことがあるのだろうか？　でも私は、この人に覚えがないんだ。こんな

に美しい人なら、覚えているはずなんだけれど……。店に来た人なら、尚更ね

――


二人は舟から降りると、大川の岸辺を少し歩き、向かい合った。

月明かりの下でお紋は美女の顔をじっと見て、あっと声を上げた。

「も、もしや、お稲さん？」

お紋の声が震える。美女は頷いた。

「ようやく思い出していただけました？」

驚きのあまり、お紋は呆けたように口を開けたままだ。

お稲とは、昨年の初め頃、怪談にまつわる事件で知り合った。仲良くなれたものの、色々あって、行方が分からなくなってしまったままだったのだ。

お紋はお稲をじっと見つめた。

「よかった……元気そうで」

お紋の目が潤む。お稲は頭を下げた。

「その節は、御心配おかけして、申し訳なかったです」

「いいんだよ。もう」

二人は見つめ合い、頷き合う。多くを話さなくても、お紋とお稲は通じ合って

いた。

だが、お紋にはどうしても訊きたいことがあった。

「どうして今日あそこにいたんだい？」

「実は私も、あることを探るために、あの屋敷に入りこんでいたのです。二月前からですが。……お紋さんは、私の娘の主人を覚えておいでですか」

「ええ、覚えているよ。確か、どこぞの藩の御用人だったね」

お稲は頷いた。お稲の娘は、その者の側室にあたる。

「その御方に頼まれたのです、探ってほしいことがあると。……どうやら、別の御用人の奥方が、あの屋敷での遊びに入れあげ、少しおかしくなってしまったらしいのです」

「あの屋敷での遊びって、どうして分かったんだろうね。奥方様が白状したのかい？」

「いえ、そうではなくて。その御用人が、参勤交代が終わって家へ戻ると、どうも奥方様の御様子がおかしい。それで不審に思って、密かに調べてみたそうです。すると、その御用人が江戸へ留まり、国元を留守にしている時、奥方様が何か理由をつけては外へよく出ているとわかった。そこで、家臣に奥方様を尾けさせ、あの屋敷に出入りしていることを突き止めたという訳です。関八州の藩ですので、江戸へ出るのもそれほど苦ではなく、奥方様は御主人がお留守の間にそうして遊び惚けていたのです」

「それでお稲さんの出番となったんだね」

「ええ。あの屋敷で起きていることは、すべて報せました。御用人も、奥方様をきつく叱られたと思います。もしや、奥方様は追い出されるかもと噂されております」

「では、解決したという訳か」

「その件につきましては。でも、潜り込むうちに、何やらほかにも気になることが出てきて、もう少し探ってみようということになったのです。男が売り買いされているというぐらいなら、陰間茶屋などもあることですし、大した問題にはならないでしょう。私が気になりましたのは、あの屋敷にいた《美男番付》に載ったという者が、付け火の下手人として斬られたという一件です。あの屋敷では誰も何も口にしませんが、何か怪しいなと思ったのです」

「光一郎のことだね。あの男、やはりあの屋敷にいたんだ。屋敷でも《美男番付》に載ったということは紹介されていたんだね」

「ええ、それが売り文句でしたから。それで結構人気がありましたよ、屋敷でも。それなのに、あのような目に遭わされて……。〈伏見屋〉は絶対に胡散臭いと思いました。それにあの匂い。阿芙蓉（阿片）だと思うのです」

「やっぱりそうだよね。変だよね、あの匂い。嬌声上げている人もいたし」

二人は頷き合う。お紋は思った。

――あの夢二って子、おとなしい顔して、やはり出任せを言っていたんだね。売り文句にしていたのなら、光一郎のことを知らない訳がなかっただろうよ。まあ、〈伏見屋〉の連中に言い包められているんだろうけれどさ――

お紋はお稲にさらに訊ねた。

「それで探索を続けているって訳か。でも、どうやって潜り込んだんだい？　私もそうだけれど、誰かにお膳立てしてもらって？」

「私は直接〈伏見屋〉の大旦那である孫右衛門に近づいたんです。吉原の大店の内儀のふりをしまして」

「お稲さんの十八番だね」

お紋に言われ、お稲は思わず苦笑した。

「私が本当に大店のお内儀に見えますよう、娘の主人が色々取り計らってくださったのです。吉原の店にも話をつけてくださって、私はそこのお内儀の〝お島〟という名で、孫右衛門を本当にその店に連れていって、信用させました」

「そりゃまた凄く手が込んでるねえ」

お紋は目を丸くする。お稲は再び苦笑いだ。

「その店で孫右衛門を遊ばせましたらすっかり気に入られ、打ち解けたふりをして、最近亭主が構ってくれないから刺激がほしいなどと相談すると、すぐに誘われました。待っていましたとばかりに。……それであの屋敷へ潜り込めたという訳です」

「なるほどねえ。恐れ入ったよ。でも、危ない目に遭ったりしなかった？　お稲さん、綺麗だから心配だよ」

「御心配いりません。誤解がないよう申し上げておきますが、私はあの屋敷で、淫らなことなどまったくしておりません！　お紋さんもそうでしょうが、躰の揉み解しをしてもらう程度ですよ。後は、お酒呑んで、唄って騒いで、という程度ですから。それでも数回に亘って代金をしっかり払っておりますので、ある程度、信用はされていると思います」

お紋は再び頭を下げた。

「だから、私は助かったんだね。声をかけてくれたのが、あの屋敷で信用のあるお稲さんだったからこそ」

「お紋さん、本当にもうお気になさらないで。あの屋敷は確かに危険であるし、油断は禁物だと、私も分かっております。私が疑っているのは、阿芙蓉が売り買いされているということ……抜け荷などについてです。でも、〈伏見屋〉の悪事を摑んで、娘の主人に申し上げたところで、江戸で起こったことを、藩の用人はどうすることも出来ません。それでも証拠を摑みましたら、それを娘の主人から藩主に話してもらい、藩主から大目付のほうへお話しいただくという手もあるのではないかと思ったのです」

「なるほど、そうだったんだね。でもさあ、阿芙蓉だの抜け荷だの、やはり危険だから、深入りはしないほうがいいと思うよ」

「ええ。娘の主人にも言われまして、今日で潜り込みはやめることになっておりました。これ以上探ると、そろそろ危なくなるかもしれないので。阿芙蓉と抜け荷のことは摑めましたものの……《美男番付》の光一郎についての真偽は摑めず、残念です」

「まあ、それは町方に任せておいたほうがいいよ。探っているみたいだからさ」

「それゆえお紋さんがあそこにいらしたんですね。またもお力添えなさって」

「いや……思い出しても冷や汗が出てくるよ。お稲さんが声をかけてくれなかったら、今頃どうなってたんだろう、私ゃあ。本当に助かったよ、ありがとね」

お紋が再び頭を下げると、お稲は、やめてくださいと手を振った。

「あの時、申し訳ないことをしてしまったと、ずっと悔やんでいたんです。私、いつかまたお紋さんに会えたら、必ず謝ろうって思っていました。だから今日、少しでもお力添え出来て、本当によかったです。あの時の御恩を、ようやく、少しでもお返し出来たように思います」

「少しじゃない……じゅうぶん返してもらったよ」

お紋はお稲を真っすぐに見た。

「今、どこにいるんだい？」

「あの屋敷を探るために、ここ二月は江戸にいました。でも、これからすぐ、娘の主人のところへ報せに参ります。知り得たことをすべて。町方のお役人様たちがしっかり探っていらっしゃることも、ちゃんと話します」

「じゃあ、あっちに暫くいるんだね」

「ええ、そうなると思います。娘に男の子が生まれまして、その世話もしたいので」

お紋は目を見開いた。

「ええ、それはおめでたいね！　初のお孫さんだね、可愛くて仕方がないだろう」

「はい、とっても」

お稲の苦労を知っているからこそ、お紋はその手を取って喜ぶ。

「よかった、幸せなんだね。本当によかったよ」

二人とも、いつしか涙ぐんでいた。

別れ際、お稲はお紋に告げた。

「木暮さんたちが頑張ってくださるなら、安心ですね。お紋さんが力添えなさっているのなら、大丈夫だわ」

「まあ、頼りないところもあるけれどね。私だけでなく旦那衆もさ」

お稲は微笑んだ。

「そんなことありません。解決してくださること、願っております」

去っていくお稲を、お紋は手を振りながら見送った。

——本当によかった、お稲さんに再び会えて。でも、人生って不思議なもんだねえ。今度は私がお稲さんに助けてもらえたなんてさ――

小さくなっていくお稲が振り返り、お紋にまた頭を下げる。お紋はさらに大きく手を振った。

「元気でね！」と繰り返しながら。

――今度はいつ会えるのかな。お稲さんのことだ、突然またふらりと姿を現して、吃驚(びっくり)させてくれるのかもしれないね。それまで元気でいたいもんだ、お互いにね――

心地よい夜風に吹かれて、お紋はお稲をいつまでも見送っていた。

お紋が帰ってきた時には、店はもう終っていたが、お市、お花、目九蔵、木暮が中で待っていてくれた。お紋はお市には嘘をついて出かけたのだが、あとの三人は事情を知っていた。それゆえお紋が無事に帰ってきて、三人とも胸を撫で下ろしたようだった。

何も知らぬお市が声をかけた。

「お母さん、お芝居どうだった？」

「ああ、よかったよお！　やっぱり休み取って無理にでも観にいってよかった。

どうしても観たかったからね。まあ、迷惑かけてすまなかったけれど、明日からまた張り切って働くからさ！」

お紋はほかの三人と目配せを交わしつつ、けらけら笑う。目九蔵は板場へいき、銘々膳を持って戻ってきた。

「ほんまにお疲れさまでした。よろしかったら召し上がってください」

目九蔵に出された〝梅干しと海苔と山葵の茶漬け〟と〝紫葉漬け〟を見て、お紋は目を細めた。

「これ、これ！　こういうのがほっとするんだよねえ」

早速飯椀を摑み、お紋は茶漬けを啜る。塩っけの利いた梅干しと、刻んだ海苔、少しの山葵が、芳ばしいお茶と相俟って、白い御飯を最高に美味しくしてくれる。さらさらと流し込み、紫葉漬けを頰張る。刻んだ胡瓜と茄子に赤紫蘇が利いて、ぽりぽりと止まらない。

「ああ、日ノ本の味って、やっぱりいいもんだねえ」

お紋はしみじみ呟いた。

食べ終えたお紋はお花に目配せし、先にお市と二階に上がってもらった。そして屋敷で見聞きしてきたことを、木暮にすべて話した。

「〈伏見屋〉は抜け荷にまで手を染めている可能性があるのか。そいつはますます許せねえ」

「それにあの、おかしな甘い匂い。阿芙蓉じゃないかと思ったんだ。時折、嬌声というか奇声が聞こえてきてね。あんな声は薬でおかしくなっていないと出ないと思ったんだよ」

「臭水を掘らせに越後に男を送った後で、弘前(ひろさき)に寄って、仕入れているのかもしれねえな。阿芙蓉は、日本では弘前藩で栽培されているというからな」

「人身売買に抜け荷に阿芙蓉でっか。相当悪いことしてまんなあ」

目九蔵も思わず口を出し、三人は眉根を寄せる。木暮は苦々しげに言った。

「よし、固まったようだな。〈伏見屋〉の奴、とっ捕まえてやる」

憤る木暮だったが、お稲の話には和んだようだ。それから暫く、お稲を肴(さかな)に、三人は酒をまったりと酌み交わした。

一方、二階では、お花がお市の部屋で一緒に葡萄(ぶどう)を摘まんでいた。

「今日は玄之助さんと八重さんが来てくれて、よかったね」

「本当に。あの二人を見ると、なんだかほっとするわ」

玄之助と八重は共に武家の出で、寺子屋の師匠をしている。玄之助は、楚々とした美しさに溢(あふ)れる八重を大切にしており、よい関係を静かに育んでいる。その二人が、お紋の留守に店を訪れたのだ。

「でも、意外だったね。あの二人、夫婦になることはまだ考えていない、っていうの。あんなに仲がいいのに」

お市は苦笑した。

「そう、とてもお似合いなの。それで私、もうそろそろ御一緒になるんでしょ、なんてうっかり訊いてしまったのよ。そうしたら、その答えでしょう。今の間柄がとても心地よいから、暫くこのままの付き合いを続ける、って」

「二人とも納得しているみたいだったね。八重さん、はっきり言ったよね。ベタベタせず、遠ざかりもせずという、今のこの距離がちょうど心地よいのです、って」

「お互い仕事もあるし、暫くはこのような間柄でもいいのではないかと思います、とも言ってたわ。……八重さんって儚(はかな)げに見えるけれど、やはり芯が強いのね。男の人に甘えないんだわ」

「自分たちが幸せならば、それでいいのではないかと思うのです。他人様(ひとさま)からどう思われようが……ってね。それ聞いて、あたい、八重さんってカッコいいって思ったんだ。素敵だよね、ああいう仲っていうのも。幸せの形って、それぞれだって、あたいも思うもん」

　お市は葡萄を摘まみながら、娘の話に耳を傾けている。

「あたいさあ、お蘭さんって、前はあまり好きではなかったんだ。っていうか、正直、苦手だった。女を武器にして、大店の大旦那を垂らしこんだ、所詮お妾じゃん、って。……でもさ、あたいも大人になったのか、あの人を見ていて、考え方が変わったんだよね。お蘭さんは決して悪い人ではないし、なんだかんだであの笹野屋の大旦那を大切にしているし、大旦那にもとても可愛がられている。あの二人は、あの二人なりに幸せなんだ、きっと。だから、周りがとやかく口を挟むことではないんだよね。つまりはさ、幸せにも色んな形があるんだ、料理に色んなものがあるように」

　お市は葡萄を吸いながら、娘を見る。お花は独り言つように続けた。

「目九蔵さんが作る料理を見ているとさあ、料理って本当にいっぱいあるって、感心するんだ。献立も、好きな味も人それぞれ。幸せっていうのもいっぱいあって、合う幸せも人それぞれ。たくさんある料理や幸せの中から、自分にぴったりのものを見つければいいんだよね。八重さんやお蘭さんみたいにさ。一つの料理や幸せの形に固執しなくたって、いいんだよ」

お市の目が微かに潤んだ。

お市は、貫壱と夫婦になることを、仄かに夢見ていたのだ。板前の夫に尽くす、女将の女房という自分を、思い描いて。

それは誰もが願うような、ありふれた、純粋な幸せだった。でも、その夢は、決して叶うことはなくなってしまったのだ。

お市が押し黙ってしまったので、お花は、ゆっくり休んでね、と言い残し、部屋を出た。

三

証拠を摑んだ木暮たちは、秘密の屋敷を、執拗に見張り続けた。

ある夜、大きな樽を積んだ舟が川に出ていった。その舟は、〈伏見屋〉がいつも荷の揚げ下ろしをする鉄砲洲へと向かっていく。鉄砲洲には、〈伏見屋〉の大旦那、孫右衛門の姿もあった。

舟から樽が下ろされたところで、闇の中、御用提灯の明かりが眩しく灯った。

「な、なんだ？」

孫右衛門は目を細めて怯む。

孫右衛門とその一味を、町方同心の木暮たちが取り囲んだ。忠吾と坪八も後ろに控えている。

「屋敷でしていることは分かっている。その樽の中を見せろ！」

筆頭同心の田之倉が喚く。同心たちの迫力に、孫右衛門、〈伏見屋〉の者たちは怖気づく。その隙に、木暮と桂は樽を確認した。

樽の中には、若い男が詰め込まれていた。臭水を掘らせに、越後へと送るところだったようだ。

「動かぬ証拠だ、お縄を頂戴しろ！」

木暮たちが孫右衛門らを取り押さえようとした、その時。

どこからかぞろぞろと、強面の男たちが総勢十名ほど現れた。どいつもこいつも、如何にも無頼の用心棒といった体で、小莫迦にした笑みを浮かべて迫ってくる。

その迫力に、木暮と桂はおろか、筆頭同心の田之倉までもが一瞬怯んだ。

腰が引ける木暮たちに、田之倉は怒声を飛ばした。

「さっさといけい！　捕らえろ！」

だが、自らはなかなか向かっていこうとしない。

すると用心棒たちのほうから向かってきたので、木暮たちもようやく奮い立った。

あちこちで、睨み合い、刀をぶつけ合い、鍔迫り合いが始まる。

むやみに斬りつける者。逃げる者。峰打ちを食らわせ、刀を落とさせる者。

木暮は刀を正眼に構え、敵と睨み合う。

「うおりゃあああっ！」

喚きながら、敵が向かってきた。木暮は真っ向からいくと勝ち目がないと自分でも分かっているので、すっと屈んで敵の不意を衝き、下から敵の手首を狙って峰打ちをする。

桂も同じく、敵の隙をついて、峰打ちで刀を落とさせていた。

怒声と悲鳴が入り交ざり、鉄砲洲は大乱闘の場となる。

忠吾と坪八も十手を振り回して、飛び回る。

「てめえら、観念しやがれ！」

忠吾は十手で相手の腕をぶっ叩き、刀を落とさせたところで、張り手をかます。

「親分、加勢しますぅ！」

小柄な坪八はまさに体当たりで敵にぶつかっていき、当て身で川へと突き落とす。

坪八が忠吾に肩車され、敵の頭を十手でぶん殴るという芸当まで披露（ひろう）された。

そして孫右衛門はといえば……この場は用心棒たちに任せ、その隙を見て逃げようとしていた。

それに気づいた同心二人が、孫右衛門を追いかける。孫右衛門は真福寺橋（しんぷくじばし）に向かって、町家の間を走り抜けていく。年寄りの割に、孫右衛門は逃げ足が速い。

——撒けたようだな——

やや安堵したその時、ちょうど駕籠が通りかかった。孫右衛門は急いで乗り込み、駕籠舁（か）きに告げた。

「船宿へいってくれ。日本橋（にほんばし）の堀江町（ほりえちょう）あたりの」

力がありそうな駕籠舁きたちは、かしこまりました、と答えた。孫右衛門は駕籠の中で、ようやく一息ついた。

揺られながら、孫右衛門は船宿から舟に乗った後、どのように逃げるかを考えていた。暫く、上方(かみがた)あたりに身を潜めていようか、などと。

すると急に駕籠が止まった。どうしたのかと孫右衛門が簾から顔を出すと、鳩尾(みぞおち)に一撃を食らって気を失った。——

気づくと、孫右衛門は布団に寝かされていた。ぼんやりしていた視界が、徐々にはっきりしてくる。

傍(そば)には、駕籠舁きの二人がいた。一人は見上げるほどの大男で、もう一人はひよろりと細長い。

「気づいたか」

大男はにやりと笑い、襖を開けた。隣の部屋を見て、孫右衛門は目を丸くした。

幾人もの女、否、女の格好をした男たちが、薄笑みを浮かべてずらりと座っていたからだ。振袖を纏った厚化粧の陰間たちが十名はいる。皆、結構、薹(とう)が立っていそうなところが、またおぞましい。陰間たちは舌なめずりして、孫右衛門を見つめていた。

「ひいっ」

孫右衛門は身の毛がよだち、布団から這い出ようとした。だが大男は孫右衛門をむんずと捕まえ、抱きかかえ、隣の部屋へ放り込んだ。

陰間たちが嬌声を上げる。

「きゃあ、可愛い！　年寄りって好きよお」

「あちきも。この眉毛、毟り取ってやりたいわ」

「下のほうの毛もね！」

陰間たちは一斉に孫右衛門に襲いかかった。

「助けてくれえええ」

孫右衛門の絶叫が響き渡る。

大男と細長い男は薄笑みを浮かべて、陰間たちに告げた。

「思う存分可愛がってやれや！」

「ぶっ壊れない程度にな！」

二人は襖をぴしゃりと閉め、スルメを肴に酒を食らう。

「おい、坊！　わっしらは、こいこいでもするかあ」

「よしきた、兄い！」

そして二人は片膝を立てて、花札遊びをおっ始めた。

この二人、大男の兄いは虎王丸で、細長い坊やは長作だ。二人はスルメを齧り、花札を飛ばして、豪快に笑った。

「しかしよ、町方の旦那衆も、まさかわっしたちが〈伏見屋〉を張っていたとは気づかなかったみてえだな」

「役人ってのは、案外、抜けてるよなあ。おいらたちみてえな世直し人に、先を越されちまうなんてさ」

「お純だっけ？　元締めのところに相談にきた女が、鋭かったんだよな。それで〈伏見屋〉が何か臭えってことになって、目をつけてたって訳だ」

「で、今夜あの大旦那の様子を窺っていたら、町方の旦那衆がやってきて、大乱闘がおっ始(ぱじ)まったと。逃げちまった大旦那を追いかけられてよかったぜ！　懲らしめることも出来てよ」

隣の部屋からは凄(すさ)まじい悲鳴が続いている。

「ああいう奴の絶叫(ぜっきょう)を肴に呑む酒も、また格別だぜ」

徳利を摑んで呑み干しながら、虎王丸と長作は豪快に笑った。

世直し人の元締めに相談を持ちかけたのは、光一郎の女だった、お純であった。お純は冷めているように見えたが、その実、光一郎を誰よりも好いていたのだ。お純は大人の女のふりをして、断腸の思いで、光一郎から身を引くつもりだった。光一郎の出世と幸せを願って。

ところが、光一郎は殺められてしまった。しかも付け火の下手人の汚名まで着せられて。

光一郎は確かに女にだらしないところはあったが、そのようなことをする者ではないと、お純は信じていた。それゆえ、光一郎は何者かに嵌められたのではないかという疑念を抱いた。

お純は奉行所に赴いて、もう一度しっかり探索してほしいと願い出たが、追い返された。付け火には目撃者もいたからだ。

しかしお純はどうしても腑に落ちず、怒りと悲しみに苛まれ、ある占い処を訪ねた。

実はそこは、世直し人たちの元締めの、表稼業の舞台なのだ。

元締めは、占術のほかに加持祈禱、お祓いなどもするので、様々な悩みを持っている者たちが訪れる。お純も悩みを打ち明け、真の下手人が捕まるよう、祈禱してもらうつもりだったのだ。

元締めは、お純から話を聞いた。

お純は自分で調べ、摑んでいたのだ。光一郎が火を付けたとされる長屋の土地の持ち主が、〈伏見屋〉であることを。

またお純は、前々から光一郎にほかに女がいることに気づいていたが、《美男番付》に載ってからは明らかに様子がおかしいと感じることがあった。そこで一度、光一郎の後を尾けてみたのだ。すると光一郎は、白髪で白い眉の老爺と町中で落ち合い、親しげに話をしながら駕籠に乗っていってしまった。

お純はその老爺がやけに気にかかったが、誰かは分からなかった。その白い眉の老爺が誰か気づいたのは、つい最近だ。

お純は光一郎が亡くなった後、その衝撃で暫く働けなくなり、仕事場を変えていた。その新しい仕事場の、日比谷町の料理屋に、その老爺が現れたのだ。

老爺は美女を二人連れて、その店の名物の鯉料理に舌鼓を打っていた。

仲居として部屋へ呼ばれたお純は、——あの老爺だ——と気づいて動揺し、徳利を下げる時に手が震えて落としそうになってしまった。

あの時の、新しく入った仲居というのは、お純だったのだ。

お純は後で店の者に訊ね、老爺が伏見屋孫右衛門だということを知った。

付け火の土地の持ち主は伏見屋。光一郎が親しげに話していたのも伏見屋。

お純は光一郎と〈伏見屋〉の間に何かがあったのではないかと勘づいたが、確固たる証拠がない。それに相手は大店の〈伏見屋〉だ、奉行所へ申し出ても、また追い返されてしまうだろう。お純は悩んだ。

お純は、この悶々とした気持ちをどうにか整えたいと、元締めに相談したのだ。元締めは黙って話を聞き、お純に告げた。

――そのような者には、いつか天罰が下るでしょう。

そして元締めは祈禱師の顔で、お純の心を鎮め、真の下手人が捕まるよう念じた。

このような経緯で元締めから頼まれ、虎王丸と長作は〈伏見屋〉を張っていたという訳だ。

もちろん世直し人たちは、町方役人が捕らえてくれるのなら、その邪魔をする気など毛頭ない。だが木暮たちの失態のおかげで、結局は世直し人たちが捕らえてしまったということだ。

翌朝。奉行所の前に、伏見屋孫右衛門が縄で縛られ放り出されていた。その素っ裸の股間には、深紅の文字で《落としもの》と書かれた貼り紙があった。

孫右衛門は、ぼろぼろの姿で、うふふと呆けた笑みを浮かべている。

「世直し人たちめ……やるじゃねえか」

木暮はじめ奉行所の者たちは、悔しいような有難いような、小癪なような、複雑な気持ちだった。

木暮たちはどうにか伏見屋孫右衛門とその一味を捕縛した。昨夜の鉄砲洲の大乱闘では、与力・同心たちが駆けつけて加勢してくれたこともあって、手下たちを捕らえることが出来たし、奉行所の者も皆無事だった。

しかし、毬代は姿を晦ましてしまって、まだ見つからない。

孫右衛門が正気に戻ると、木暮は詰問した。

「庇っている者はいねえか」

「おりません」

孫右衛門は冷や汗を流す。

「もしや……。自分の名を言ったら貴様が牢の中にいても殺してやる、などと、そいつに脅かされたか」

「そ、そんな……」

「正直に言わねえとただじゃおかねえぞ！」

木暮に追い詰められ、孫右衛門は、火盗改方与力の筒見主計の名を白状した。

だが、相手が相手だけに、木暮たちではどうすることも出来ず、歯軋(はぎし)りするばかりだ。

深川の屋敷にも手が入り、《美男番付》前頭の音松は、無事救出された。小結の時次は越後に送られてしまっていたので、ほかの同心たちが助けに向かった。関脇の金彌を殺(や)ったのは音松ではなく、やはり〈伏見屋〉一味の用心棒だった。落ちていた根付は、探索の目を晦ますための小細工だったのだ。

音松の供述によると、毬代にそそのかされて《美男番付》に応募し、その後で貫壱に巧いことを言われてあの屋敷にいってしまったという。

——美女のお内儀や後家の相手をするだけで、たっぷり小遣いがもらえるぜ。お前さんみたいに若くて美しい、選ばれし男しか出来ない仕事だ。

木暮は音松に訊ねた。

「黒頭巾を被って、脇差を差している貫壱を見て、何か訝(いぶか)しいとは思わなかったのか？」

すると音松は項垂(うなだ)れたまま答えた。

「はい、思いました。それで、どうしてそのような姿なのかと、訊いてみたんです。そうしたらこう言われました。——俺は武家の奥方に気に入られて、高い位ではないが武家の株を買ってもらえたんだ。お前にもそういう好機が訪れるかもしれないぜ。どうだ、やってみないか、と」

見栄っ張りの男たちにとって、小遣い稼ぎ、そして武士の株という言葉は、とても魅力があったのだろう。

音松は貫壱の口車に乗せられ、あの屋敷で初めは小遣い稼ぎのつもりで楽しんでいたが、やがて脅されるようになり、家に帰してもらえなくなって閉じ込められてしまったそうだ。

「楽していい目を見ようとするから痛い目に遭うんだぜ」

木暮が睨むと、音松は涙ぐんだ。

「本当に莫迦でした」

〈伏見屋〉の一味や、屋敷から救出された男たちの証言で、貫壱に関してもよく知り得た。その来し方は、おおよそ木暮たちの推測どおりだった。〈藤浪屋〉に謀られ、いかさま升の疑いをかけられた米問屋の息子だったのだ。

貫壱は美男ということで、若い頃から、よい思いもしたが、色々と辛い思いもあったようだ。親が捕らえられ、店が潰れてしまった後、貧しかった頃は、陰間のようなことをしていた時期もあったという。

食べるためだけではなく、妹の病を治すためにも、貫壱は金子を必要としていたのだろう。

だが、その経験が原因か、貫壱は少し変わった趣味になってしまったという。あの屋敷にくると、女が男を嬲るのを見て愉しんでいたそうだ。そのような自分の趣味を満たすことと、金持ちの女たちに男をあてがって金子を儲けることの、一挙両得で、この裏稼業を続けていたのだろう。

貫壱は、《美男番付》に載った者たちを引きずり込んだ。そのうちの一人には、長年の恨みの、復讐も兼ねて。

屋敷で、女たちに嬲られる光一郎を眺める貫壱は、始終笑みを浮かべてはいたが、鬼のような顔つきだったそうだ。

――己の美しさに溺れて溺れて、溺れ死ぬがいい。甘い言葉にすぐ騙される、莫迦者めが。

貫壱は光一郎に、そう吐き捨てたという。

貫壱の裏の顔を知り、木暮はやり切れない思いだった。

——父親があんな目にさえ遭わなければ、妹思いの兄さんだったのによ——

妹思いでありながらも、冷酷な顔を持つ貫壱の二面的な性格には、過酷な来し方が影響していたのだろう。木暮は気が滅入ってしまった。

だが、許せなかったのは、倉田真之助に疑いが向けられるように細工したことだ。真之助と同じような姿をしたり、探索を攪乱させるために妙な文を奉行所に投げ込んだりしたことには、木暮は憤りを感じた。たとえそれが、孫右衛門や火盗改方与力の筒見主計の計らいであったとしても。それに貫壱が従ったということが、木暮には許せなかったのだ。

第五話　真心の料理

一

〈はないちもんめ〉にふらりと訪れた幽斎を、お花は緊張の面持ちで迎え入れた。

「いらっしゃいませ」

丁寧に礼をして顔を上げると、幽斎は笑顔でお花を見つめていた。その優しい眼差しが、お花の心を解してゆく。

お花は幽斎を座敷に案内した。隅の、落ち着いた席だ。腰を下ろした幽斎に、お花は告げた。

「ではお料理をお作りしますので、少々お待ちください。今、大女将がお酒を持って参りますので」

お花は再び恭しく一礼し、板場へと向かった。入れ替わりにお紋が酒を運んできて、料理が出来るまで幽斎に酌をした。

「あの子、先生に食べてもらうんだって、張り切って特訓してたんですよ。板前に習ってね」

「それは楽しみです。期待してお伺いしました」

幽斎は背筋を伸ばして酒を味わう。お紋は微笑んだ。

「あの子、前はそうでもなかったんですが、この頃なにやら料理に熱心でね。早起きして、板場で色々作ってますよ。それがまた、私やあの子の母親が作るよりも、ずっと美味しくてね」

「喜ばしいことではありませんか。腕のよい料理人が増えれば、お店もますます繁盛なさるでしょう」

「そうなってくれるといいんですけれどねえ」

孫の成長を話しながら、お紋は嬉しそうだ。挨拶にきた目九蔵に、幽斎は盃を余分に持ってくるように告げ、三人で酒を酌み交わした。

「お目にかかれてほんまに光栄ですわ。お花はんからいつも話を聞かされてましたさかい。予想していたとおり、否、それ以上に男前ですなあ」

目九蔵に褒められ、幽斎は照れつつ謙遜した。

「いえいえ、御覧のとおり、ただのずっこけた男ですよ」

「あら、ずっこけてるのは我々だからこそであって、先生が真似しても似合いませんよ！」

笑いながら和んでいると、お市も挨拶にきた。

「お料理、もうすぐ出来ると思います。もう少しお待ちくださいね」

「楽しみです。お腹の虫が鳴っておりますよ」

お市はほかのお客をもてなさなければならず、すぐに下がり、目九蔵も板場へと戻った。

幽斎とお紋が酒を酌み交わしていると、お花が料理を運んできた。

「〝鰯と大根の炊き込み御飯〟です。先生のお口に合うか心配ですが……召し上がってください」

お花は仄かに頰を紅潮させて、飯椀の載った銘々膳を幽斎の前に置いた。ほかに〝蕪と油揚げの味噌汁〟と〝べったら漬け〟もある。

銘々膳を眺め、幽斎は目を細めた。

「味噌汁もお花さんが作られたのですか」

「はい。べったら漬けは板前が作ったものですが」

正直なお花に、幽斎は微笑む。

「いただきます」

幽斎は胸の前で厳かに手を合わせ、食べ始めた。味噌汁を一口啜って、ほうと息をつき、〝鰯と大根の炊き込み御飯〟に箸を伸ばす。

頬張り、ゆっくりと嚙み締める幽斎を、お花はドキドキしながら見つめる。

幽斎は無言で、ひたすら食べ続けた。飯を頬張り、味噌汁を啜り、漬物を齧る。箸を休めることもない。お花は幽斎がこんなにしっかり食べる姿を見るのは初めてで、何やら新鮮だった。

お花が懸命に作った料理が、忽ちなくなり、幽斎の胃ノ腑へと消えてゆく。憧れの男に、自分の料理を食べてもらう喜びが、お花の胸に沁みわたっていく。幽斎が無言なのは料理に不満があるからではなく、夢中で味わっているからだと、お花にも分かった。

お花が作った炊き込み御飯は、塩焼きした鰯、刻んだ大根、千切りにした生姜を、出汁と酒・味醂・醬油の味付けで炊き上げたものだ。炊き上がったら、刻んだ大根の葉を加えて混ぜ合わせ、白胡麻を少々振りかける。爽やかな彩りの一品の完成となる。

鰯を塩焼きにし、生姜を加えることで、臭みがまったく消え、食べやすくなるのだ。

幽斎は飯粒一つ、汁一滴、漬物の切れ端一つ残さず平らげ、箸を置いた。

「御馳走様でした」

再び胸の前で丁寧に手を合わせる。そしてお茶を一口啜り、幽斎はお花に向かって言った。

「たいへん美味しかったです。言葉を失い、夢中でいただきました。料理を通して、お花さんの、飾りけのない温かな真心が伝わって参りました。この料理を好まない人はいないでしょう。誰からも好かれる味、真心の料理だと、私は思います。お見事でした」

幽斎は敬意を示すように、お花に深々と頭を下げる。お花は胸が震え、目が潤んだ。何も言えなくなってしまった孫の背中を、お紋は優しくさすった。

「よかったねえ、お花！　頑張った甲斐があったねえ、幽斎先生に褒めていただけて」

「……ありがとうございます」

声を詰まらせながらも礼を言うお花に、幽斎は微笑んだ。

お紋が席を外し、お花が幽斎に酌をした。幽斎が相手だから手が微(かす)かに震えてしまうが、憧れの男に酒を注げることはやはりとても嬉しかった。

「お花さん、なんだかいつもの調子ではありませんね。ま、御一献(ごいっこん)」

幽斎に酌をされ、お花は恐縮しつつ、それを呑み干す。

「いける口ですね」

「はい……嫌いではありません」

微笑み合い、酒を酌み交わすうちに、お花も打ち解けていく。お花は周りに注意を払いつつ、声を潜めて、幽斎に伏見屋の事件の顚末を話した。火盗改方与力の筒見主計のことをも。

「またも力のある人ですから、捕まえられなくて悔しいです」

酔って愚痴をこぼすお花に、幽斎は苦言を呈した。

「そういう者を相手に、無謀な真似はなさらないほうがいいですよ、決して。もしお花さんが危険な目に遭い、傷でも負わされ、料理が作れなくなったりしたら一大事です。やめてくださいね、御自分たちで成敗しようなんてことは」

有無を言わせぬ目で幽斎に見つめられ、お花は肩を竦める。

「分かりました。……放っておいても、世直し人なんて人たちが懲らしめてくれるかもしれませんものね」

「そういう武骨な者たちに任せておけばいいのです、そのような案件は」

幽斎は背筋を伸ばしたまま、酒を啜った。

帰り際、お花は店の外まで出て、幽斎を見送った。月明かりの中、幽斎はお花に言った。

「お花さんは、これからが楽しみですね。立派な料理人を目指してください」

幽斎の目は真摯で、お花は一瞬言葉を失う。心地よい秋の夜風が、吹き過ぎた。

「そんな……あたしなんて、なれる訳が……」

「きっとなれます。目九蔵さんから多くのことを学び取ってください」

お花は胸を震わせながら、はっきりと答えた。

「はい」

幽斎の顔に笑みが浮かんだ。

「お花さんは、私が思っていたとおりの人でした。お転婆のように見えて、本当は心が細やかで、思いやりがある。こつこつと努力をする人なのです。先ほどの料理をいただいて、それを確信しました。味付けのあの絶妙な加減は、細やかな人でなければ習得出来ませんよ。本当に美味しかったです」

恭しく礼をする幽斎に、お花は声を上擦らせた。

「必ず精進しますので、また食べにいらしてください」

「もちろん、必ず参ります」

幽斎は笑みを残し、帰っていった。

黒い着流しを纏った、そのほっそりとした後ろ姿を、お花はいつまでも見送っていた。

その翌日の夜、火盗改方与力の筒見主計が、役宅へ戻る途中、何者かに襲われた。

筒見がほろ酔いのいい気分で歩いていたところ、前からきた細長い男にいきなり鳩尾を殴られて失神させられ、大男に担がれて駕籠の中に押し込められ、どこかに運ばれた。

やがて……筒見主計は、あまりの息苦しさと暑苦しさで、気を取り戻した。

――なんだ、この熱さは。火事なのか？――

焼けるような熱さに、筒見は身を捩る。……そして気づいたのだ。自分の今の状況に。

「ぎゃあああっ」

人気のない林の中で、筒見は叫び声を轟かせた。筒見は褌一枚で木に吊るされ、燃え盛る藁の火に下から炙られていたのだ。うっかりすると足が炎に触れてしまいそうで、筒見は身を捩って必死でよける。

「熱いっ、やめてっ、助けてっ！」

木から吊り下げられた筒見はぶらぶら揺れながら、泣き喚く。その下で、大男と細長い男が、火に薩摩芋をくべていた。

「一足早く焚火ってのも、乙なもんだぜ。焚火にしちゃ燃え過ぎてるけどな」

「それも人間焚火だもんな。芋も旨く焼けるってもんよ」

この大男と細長い男、言うまでもなく虎王丸と長作である。筒見は全身を紅潮させ、汗を噴き出させせながら叫んだ。

「は、早く助けてっ！　ど、どうしてっ？」

「なにぬかしてんだ！　火盗改方与力のくせして付け火を悪事に使うなんざ、許しちゃおけねえぜ」

「そうよ。暫くこのまま炙っていてやるから、せいぜい楽しみな」

「火炙りの刑だ、この野郎！」

二人に凄まれ、筒見は今にも泣きそうだ。

「ご、ごめんなさいっ。あ、謝るからっ」

「今さら謝っても駄目だっ！」

筒見は涙ぐみながら、容赦ない二人を見下ろし、じたばたと身を捩る。

「熱いっ、やめてっ、助けてっ！」

「うるせえ！　付け火された者たちは、もっとずっと苦しかったんだぜ！」

「そうだ！　人の気持ちも考えろい！」

顔を真っ赤にして叫ぶ筒見に、虎王丸と長作は怒鳴りながらも失笑してしまう。筒見の姿があまりに情けなかったがゆえに。


その日、〈はないちもんめ〉は休みで、お花は出かけてしまい、お紋はお市と二人だった。

落ち着きを取り戻したように見えても、お市が実はずっと落ち込んでいることに、お紋は気づいていた。それゆえお紋は、お市から目を離さないようにしている。

夕暮れは、逢魔が刻ともいう。葉月も終わりの薄暗い刻、お市はふと、貫壱の妹のお通のことが気にかかった。

――お通さん、どうしているのだろう。……無事かしら――

なにやら不穏なものが、躰の奥から込み上げてくる。すると、居ても立っても居られなくなった。

お紋が厠に行った隙に、お市は外へ飛び出した。そして、今はお通が一人で住んでいる長屋へと駆けていった。

厠から戻ったお紋は、お市の姿が見えないことに慌てた。外へ出て、あたりを探しても見つからない。暮れなずむ空の下を、お紋も駆け出した。

お市の予感どおりのことが、今まさに、福井町の長屋で起ころうとしていた。毬代がお通を殺ろうとしているのだ。暗い部屋で、毬代はお通に凄んだ。

「あんたは目が見えないけれど、気配で感じ取ったはずだ。私があんたの兄さんを刺したってことを。あんたは賢いから誰にも何も喋らなかったみたいだね。でも気が変わって、この先喋らないとも限らない。だから、あんたも消させてもらうよ」

毬代は不敵な笑みを浮かべ、お通に刃を向けた。

貫壱を殺めたのは毬代だった。裏稼業で繋がっていた筒見主計に寝返った毬代は、腐れ縁の貫壱が邪魔になったからだ。

——そろそろ貫壱には消えてもらおうか。

などと筒見にそそのかされたというのもあるが。

毬代は短刀を振りかざした。

「お前も兄さんのところに逝きな！」

すると、間一髪のところで、お市が駆け込んできた。

「お通さん！」と叫びながら。

毬代は振り返ってお市を睨み、短刀を投げた。短刀はひゅっと宙を飛び、お市の頬を掠めて、柱に突き刺さった。

お市は、ひいっと声を上げ、崩れ落ちた。気を失ってしまったのだ。

毬代は短刀を柱から引き抜き、再びお通に向けた。

「まずはお前からだよ」

その時……。天井裏から黒猫が飛び出して、毬代の肩に飛び乗り、その顔に思い切り爪を立てた。鋭い爪で顔を引っかかれたのだから堪ったものではない。

「ぎゃあっ」

毬代は叫び、振り払おうとするも、黒猫は容赦せずに爪を立てる。毬代は顔を血だらけにしながら、黒猫から必死に逃げ、再びお通に短刀を振りかざした。

すると今度は屋根裏から、黒装束を纏った、妖しい香りの女がするりと舞い降りた。女は毬代に飛びかかり、羽交い締めにした。華奢な割に、凄い力だ。

女は毬代の顔を押さえつけ、耳元でドスの利いた声で囁いた。

「あれほど美しい音色を奏でる女に何かしようとするなんて……承知しないよっ」

ぐきっという鈍い音が、暗い部屋に響いた。


お紋から話を聞いた木暮は勘を働かせ、息せき切って駆けつけた。木暮は、入り口で倒れていたお市を抱き起こし、肩を揺さぶった。

「おい、大丈夫か」

お市は目を開けた。木暮の愛嬌のある顔を見て気が緩んだのか、お市は木暮にしがみつき、泣きじゃくった。

「旦那、怖かったぁ！」

「無理しやがって、莫迦だなあ」

木暮は思わずお市を抱き締める。

その傍らで、お通は放心しているようだったが、怪我一つなく無事だった。

そろそろ両国の花火も終い(しまい)の頃だ。大きな花火が打ち上げられ、多くの見物人たちが歓声を上げている。

「もうすぐ見られなくなると思うと、なんだか寂しいわ」

「毎年花火が終わると、そろそろ寒くなっていくって実感するよなあ」

「あら、これからの季節だって楽しみは色々あるわよ。菊見に、紅葉狩りに、雪見でしょ」

「そうね。花火は、また来年を楽しみに、ってとこね」

橋の上で見物人たちが和やかに話していると……なにやら妙なものが舟で流れてきた。夜空に目を向けていた人々も、思わず見下ろしてしまう。

「なんだあれは？」

流れてきたのは、褌一丁の男と、腰巻一枚の女。

二人とも縄でぎちぎちに縛られ、足の指すべてに結わえつけられた手持ちの線香花火からは、ぱちぱちと火花が飛び散っていた。線香花火といえども十本合わさると、なかなか迫力がある。女の髷(まげ)にも線香花火が何本も突き立てられていた。

それが怖いのか、男は身をくねらせて叫んでいる。

「やめてっ、助けてっ」

と、情けないことこの上ない。

女はどうやら顎が外れているようで、何を言っても、ふがふがとしか聞こえない。

むろん、男は筒見主計、女は毬代である。

その奇妙な様に、江戸っ子たちは花火も忘れて大笑いだ。

「花火も終いの頃に、面白えもんを見せてもらったぜ」

「どうやら、またも世直し人たちの仕業みてえだな」

「男のほう、もしや火盗改方の与力じゃない？」

「なに？　火盗改方だと？　どういうことだ、そりゃ」

騒ぎはますます大きくなる。

その光景を、小屋に出た帰りのお花も、見ていた。お花は確信した。世直し人たちの元締めは、やはり幽斎なのだと。

幽斎のもとには、色々な悩みを持った者たちが訪れるのだ。恨みや憎しみをどうしても消すことが出来ず、苦しんでいる者も多いだろう。その胸の内を聞きながら、心優しい幽斎は、いたたまれなくなることもあったに違いない。

そしていつしか、公に捕まえることが出来ない者ならば、懲らしめてやってもいいのではないかと考えるようになったのだろう。

――私はずっと孤独で、そんな私を支えてくれたのが書物だったのですよ。

幽斎はそう言っていた。

今は人気占い師の幽斎だが、繊細であるがゆえに、辛い思いをしたこともあったのだろう。

幽斎は、自分がかつてそうだったから、弱い者たちの気持ちが分かり、助けてあげたいと思っているに違いない。

そのような幽斎だからこそ、お花は憧れていたのだ。

川岸に、徐々に役人たちが集まってきている。お花は顔を上げ、夜空を眺めた。青い花火が、夜空一面を彩る。お花は思った。

――あたいは、幽斎さんに憧れている。幽斎さんに会えて、本当によかったと思う。そして憧れは、憧れのままで終わらせるのが、一番美しいのかもしれないな。この、青い花火のように――

花火はすぐに散ってしまったが、その鮮やかな色彩は、いつまでもお花の胸に残った。

二

事件が一段落し、木暮は一人でふらりと〈はないちもんめ〉を訪れた。

長月（九月）になり、もうすぐ重陽の節句なので、店には菊の花が飾ってある。座敷に腰を下ろした木暮に、お市には嫋やかに酌をする。菊の花が浮かんだ菊酒を啜り、木暮は満足げな笑みを浮かべた。

木暮の傍らで、藤色の縞の袷を纏ったお市はやけに艶めかしい。

「今宵は皆様と御一緒ではないのね」

「なんでえ。一人で来たって構わねえだろ？　それともむさ苦しい奴らが一緒のほうがいいってのかい？」

木暮に優しく睨まれ、お市はそっと目を伏せた。

「ううん。……私だって、旦那と二人で話したかったんですもの」

頬を仄かに染めるお市に、木暮の目尻が下がった。

木暮は菊酒を呑み、煙管を燻らしながら、〝焼き茄子〟を味わう。網で焼いた茄子に、擂(す)り下ろした生姜と、たっぷりの鰹節を載せ、醤油を垂らしたものだ。それを頬張り、木暮は恍惚(こうこつ)とした。

「秋茄子ってのは旨えよなあ。やっぱり暑さが落ち着いたほうが、茄子の育ちもいいんだろうな」

「そうでしょうね。……ねえ、重陽の節句に茄子を食べるのはどうしてか知ってる？」

「九日に食べると中風(ちゅうぶ)にならない、とか言わねえか？」

「それもあるけれど、九月九日って九が重なるでしょう？　九は苦に通じるから、九月九日は苦月苦日と縁起が悪くもあるけれど、それを転じて福となす。そのためにも茄子を食べましょう、ということなんですって。目九蔵さんが教えてくれたのよ」

「苦苦を転じて福となす、で茄子か。そりゃいいや！　人生、そうでなくちゃいけねえからな。……ほら、女将も食えよ。福と茄子、は実に旨いぜ」

木暮は鰹節をたっぷり載せた茄子を箸で摘まんで、お市の口元に寄せる。お市は照れ臭そうに木暮をちょいと睨むも、茄子を頬張って笑みを浮かべた。

「本当に。みずみずしい美味しさが、口に広がるわ」

二人は微笑み合い、酒を酌み交わす。差しつ差されつ、秋の夜は更けていく。酔いがほんのり廻った頃、お市が不意に言った。

「この傷、痕が少し残っちゃうかも」

お市は頬を指差す。毬代が投げた短刀でつけられた傷だ。化粧をしているせいか薄ら(うっす)としか分からないが、自分では気になるのだろう。木暮は励ますように微笑んだ。

「そんな些細(ささい)な傷、気にすることねえよ。薬つけときゃ、じきに消えちまうって。大丈夫だ」

「……そうかしら」

唇を尖(とが)らせるお市を、木暮はじっと見つめた。

「それによ、もし少しぐらい痕が残ったとしても、場所が場所だけに、笑窪(えくぼ)みたいで可愛いぜ」

木暮はお市の頬を、そっと指で突いた。お市は潤んだ目で、木暮を見つめ返す。

「女将は笑顔が一番だからな。いつも笑っていろ、ってことだ。笑っていれば、福となす、ってな」

お市の目から、涙がぽろぽろとこぼれる。

「旦那……優しいのね」

お市は木暮にもたれかかった。木暮はお市に肩を貸したまま、酒を啜る。

「泣くなって。笑ってろって言ったじゃねえか」

「泣き笑いよ、もう」

木暮はお市の肩を抱き寄せ、そっとさする。二人の顔が近づき、互いに目を瞑ったところで……けたたましい声が響いた。

「木暮さん！　やはりここにいらっしゃいましたね！」

「どこにいなさろうと、旦那の匂いは分かりやすすぜ！」

「なにをそんなに、いちゃいちゃなさってはりますの？　あ、もしや、わてらお邪魔虫でっか？　それでも、まあ、堅いこと言わんと」

そんなことを口々に言いながら、桂と忠吾と坪八が上がり込んでくる。

「なんだなんだ、お前ら少しは気を利かせろよ！」

木暮が顔を顰めるも、三人はそんなことお構いなしである。お紋が酒を運んできた。

「旦那、皆の言うとおりだ。小さいこと言ってないでさ、福ってのは皆で分け合わなくちゃね！」

お紋の言葉に、桂以下は大きく頷く。

「まことに」

「大女将の仰るとおりで」

「せやせや、独り占めちゅうのはケチ臭いですわ」

「分かった、分かった、皆で呑もうぜ！　……ったくお前らは」

木暮は頭を抱えて諦める。結局いつものように、むさ苦しい男たちも同席と相成った。

ぶすっとする木暮に、お市は微笑み、周りに気づかれぬよう、手をそっと重ね合わせる。その手の温もりが伝わってきて、心が落ち着いたのだろう、木暮はお市に目配せすると、盃を掲げた。

「今回も無事に事件が解決出来て、まことによかった！　……世直し人たちに先を越されたりもしたが、まあ、それは置いておくとして、とにかくお疲れさん！」

男たちは菊酒を呑み干し、満面に笑みを浮かべる。手こずりもしたが解決出来て、苦苦が転じて福となしたようだ。

するとお花が料理を運んできた。

「〝土瓶蒸し〟だよ。秋の香りを御堪能あれ。酢橘を搾って、どうぞ」

松茸の香りがふわっと漂い、男たちは目を細める。まずは猪口に出汁を注ぎ、その香りを楽しみつつ、一口飲む。

「うむ。なんとも風流な味だ。この季節、やはりいいよなあ、こういうのは」

次に蓋を開け、酢橘を搾り、また蓋をして少し蒸らしてから、再び出汁を味わう。男たちは目を細めた。

「ああ、旨いです。香り高い酢橘が、味をいっそう引き締めてくれますね。堪りません」

「清らかで上品な味ですや。菊を眺めながら味わうと、いっそう気分が出やす」

「松茸も銀杏も酢橘も、どれもええ香りですわ。それらの旨みが溶けた出汁、最高ちゃいますぅ？」

次に、男たちは具に箸を伸ばす。松茸、銀杏、蒲鉾、三つ葉。木暮たちは具を食み、出汁を啜り、それをせっせと繰り返す。

「どの具にも、出汁がちょうどいい具合に染みてるぜ。出汁には、すべての具の旨みが滲んでいて、引き立て合ってるな」

「松茸はもちろんですが、銀杏もいいですねえ。この、少し甘いところが」

「腹には溜まりやせんが、心は満たされる味ですぜ」

「親分、顔の割になかなか乙なことを言いまんな！」

秋の味と香りを楽しみながら、皆、あっという間に土瓶蒸しを空にしてしまった。

お紋がすかさず次の料理を運んでくる。

「〝松茸と栗のおこわ〟だよ。これはお腹に溜まるよ！　たくさん食べてね」

「おおっ、これはいいな！」

ほんのり色づく飯に、薄切りの松茸と、黄金色の栗がたっぷり混ざっている。男たちは舌なめずりしながら飯椀を摑んだ。

「この飯、ほくほくと、出汁が染みてて旨えなあ！」

唸る木暮にお市が微笑む。

「鰹と昆布の合わせ汁だから、コクが出るのよね」

「二つが合わさると、いっそう味わい深いという訳ですね」

桂は、木暮とお市を横目で見て、笑みを浮かべる。忠吾は夢中で搔っ込んだ。

「松茸と栗ってのも合いやすぜ。あっし、なんだか悔しいんで、どんどん食っちまいやすわ！　美味なる組み合わせ、憎いですぜ」

「誰かはんが松茸で、誰かはんが栗っちゅうことでっしゃろか？　ほっこり優しい味わいの栗が女将さんちゅうのはともかく、松茸が旦那っちゅうのは、なんやそこはかとなく厭らしいでんがな」

「おい坪八、お前はいったい何を言ってるんだ」

出っ歯を剝いてにやける坪八に、木暮は苦笑いだ。お市も袂で口元を押さえて、笑っている。

男たちは、ほくほく、もっちりした〝松茸と栗のおこわ〟に魅入られ、お代わりをして堪能した。

夜は更け、お紋が一升瓶を持ってきた。

「菊の時季には、これがいいだろ。灘の清酒〈菊正宗〉だ」

男たちの目の色が変わる。

「おっ、いいねえ！　皆で呑むか」

「そう思って、盃、余分に持ってきたよ」

お紋は舌をちょいと出す。

ほかのお客たちが帰ると、〝烏賊の塩辛〟を持ってお花がやってきた。

「これこれ、こういう塩辛みてえのが、辛口の酒には合うんだよな。さっぱりした呑み心地の後に、ちょいと癖のある味がな」

「堪りませんよね、こう、口の中がちょっと痺れるような感じが」

「〈菊正宗〉って旨過ぎて、一升瓶、あっという間に空けちまいそうですぜ」

「わて、この酒と塩辛で、一晩中呑みたいですわ！」

「菊を眺めながらの〈菊正宗〉、なんとも風流じゃねえか」

淡麗辛口の清酒に男たちは嬉々とする。お紋もまったりと味わいつつ、衿を正した。

「やっぱり清酒ってのは味わい深いもんだね。この店を始めた頃、私はよく言われたもんだよ。お紋さんはまるで菊正宗のようだ、とね」

お花は塩辛をもぐもぐ食べながら、ふふんと鼻で笑う。お紋は孫を睨んだ。

「おや、なんだい笑ったりして。失礼な子だね。お前は私が菊正宗に喩えられていたことを知らないね？」

「知るか、そんなこと、初めて聞いたわ！」

「そうかい。じゃあ、耳の穴をかっぽじってよーく聞いて、よーく覚えておくんだよ。この店の女将を務めるようになった頃、私ゃあお客さんたちによく言われたもんさ。お紋さんはすっきりと口当たりがよく、澄み切っている。灘から下ってきたような、上品さもある。端麗（たんれい）なお紋さんには、淡麗な酒こそが相応（ふさわ）しい。みずみずしく香り立つお紋さんは、酒に喩えるなら菊正宗だ、清酒（すみざけ）の、とね」

「どぶろくさ」

「なにをっ」

「なんだとっ」

盃を手にいがみ合う祖母と孫に、桂以下、続けて合いの手を入れる。

「どぶ汁さ、では如何（いかが）でしょう？」

「どぶ漬けさ、ではどうでやしょう？」

「どぶ貝さ、ではどないでしょ？」

するとお紋、目を剥いて、鼻の穴を膨らませた。

「なんだよ、あんたたちまで！　人をどぶ、どぶ、って、失礼な！」

「まあまあ、大女将」

お市に酌をされて御満悦の木暮が、口を挟む。

「いずれも旨いものばかりじゃねえか。どぶろくだって、清酒に負けず劣（おと）らず味わい深（ぶけ）え。鮟鱇（あんこう）のどぶ汁はもちろん、汁気（しるけ）が多い漬物のどぶ漬けも癖になる味わいだ。どぶ貝だって生姜利かせた佃煮にすれば、いけるぜ。清廉じゃなくてもよ、濁っていたって大いに結構！　女将に通じる魅力だぜ。……っていうか、桂、忠吾、坪八よ！　お前らも大女将に、一度突っ込んでみたかったたって訳か！」

　するとお紋は、ふふふ、と笑った

「いやだよ、旦那たち。私に突っ込んでみたかっただなんて。本当に助平だねえ。旦那たち全員なんて、さすがのお紋さんだって躰がもたないよお！」

　お紋に流し目を送られ、男たちは揃って酒を噴き出しそうになる。

　木暮は少々噎せながら、お紋をぎろりと睨んだ。

「……いつかどぶに放り込んでやるぜ、この色呆け婆あ」

　お紋は知らぬ顔で、舌をちょいと出す。お市は酸っぱい笑みを浮かべ、お花はお腹を抱えて笑っていた。

　喧々諤々と夜は更け、木暮との仲を皆に冷やかされ、お市は照れながらも嬉しかった。

　お市にも、自分の本心がようやく分かったのだ。なんだかんだと、木暮を頼りにしているということが。あの時、駆けつけてきた木暮は汗だくで、羽織もよれよれだったけれど、抱き締められ、お市は体の芯まで安堵するようだった。

そして、いつもは三枚目の木暮が……どうしてかやけに二枚目に見えたのだ。

――いつも傍にいるから慣れてしまっていたけれど、私にとって旦那は、いてくれなくては困る人なんだわ――

お市はそう気づいた。木暮と夫婦になるのは無理であったとしても、いい仲でいたいと、お市は願う。お花がいつか言っていた。幸せの形って人それぞれで、自分にぴったりの幸せを見つければいいのだと。お花もずいぶん生意気なことを言うようになったと思ったものだが、言い得て妙と、今になって分かる。

同輩の桂や、手下の忠吾、そして坪八に慕われ、木暮はげらげらとお腹の底から笑っている。その横顔を、お市は熱く見つめていた。


庄平が付き添ってくれるというので、お紋も勇気を出して、新しい医者に躰を診てもらうことにした。

悠庵が亡くなったことで、お紋は気持ちに整理がつき、踏み出すことが出来たのだ。

庄平が探してくれた昌益という医者は、お紋を診て告げた。

「お腹に腫物はあるが、そう大きいものではないので、薬で溶かすことが出来るだろう。これから一緒に治療していこう」

昌益の言葉を聞いて、お紋は庄平の手を握りながら、涙ぐんだ。

「ありがとうございます」

庄平も昌益に何度も礼を言い、涙をこぼした。

その帰り道、二人は話した。

「やっぱりよかっただろ、もう一度診てもらって」

「不思議だよ。大きな腫物ってことだったのに、いつの間にか縮んだのかね。あ、お百度参りが効いたんだ、やっぱり！」

お紋は無邪気に微笑む。庄平も優しい笑みを浮かべていた。

「いんや、お紋ちゃんの心がけがいいからさ！　神様って、見ていてくれるんだなあ」

「いや、心がけもあるかもしれないけれど、やっぱりお百度参りが効いたのさ。……だから、また始めなくちゃね、お百度参り」

庄平はきょとんとした顔でお紋を見る。お紋は笑みを浮かべて庄平を睨んだ。

「私のお腹の腫物が、ますます縮んで、消えてなくなっちまうよう、祈るのさ！

いいよね、庄平ちゃん。また付き合ってくれるよね？」

　庄平は顔をくしゃっとさせて、笑みを返した。

「もちろん、付き合わせてもらうぜ！　お紋ちゃんの腫物がすっかりなくなっちまうまで、お百度でも二百度でも、三百度でも、それ以上でもな」

「ありがとね、庄平ちゃん」

　笑っているのに、お紋の目から涙がこぼれそうになる。指でそっと目尻を押さえて、お紋は急に思い出した。

「あっ、そういえば、悠庵先生やお市や事件のことが気懸かりで、なかなか時間も取れなくて、一緒に舟に乗って花火を見ること出来なかったね」

「そういやそうだな。指切りまでしたのにな。……まあ、仕方がねえよ、お紋ちゃんは店があって忙しいんだ。それに来年があるだろ」

「そうか。来年、一緒に花火を観にいけばいいんだ」

「そうだよ。もし来年もなんだかんだで行けなかったら、また再来年がある。それで行けなかったら、また次の年があるんだからさ。お紋ちゃん、先は長いぜ！」

　二人は微笑み合う。夕焼けが広がる空の下、お紋は庄平の肩にそっともたれた。

捕らえられた者たちは、それぞれ裁かれた。評定所にかけられ、火盗改方与力の筒見主計は切腹。孫右衛門と毬代も死罪となった。

〈伏見屋〉の土地などは没収ということになったが、例の疫病が出そうになった長屋の跡地は、旗本の倉田真之助が闕所物奉行に申し出て、買い上げてしまった。

「今度は何が建つんだい？」

お紋が訊ねると、木暮は答えた。

「いや、何も作らない。更地のままにするそうだ」

「どうして？　そのままでは買った意味がないんじゃないの？」

お市は目を瞬かせる。木暮は笑みを浮かべた。

「いや、意味は大いにある。倉田殿は、江戸に更地を増やしたくて、あの地をお買いになったんだ。江戸で火事が起こると、被害が大きいのはどうしてだ？　建物が密集しているからだろう？　隙間が多ければ、その分、被害も減るって訳なんだ。倉田殿は、あそこを更地のままにして、皆の憩いの場にしたいそうだ。天水桶も常備して、いつでも誰でも使えるようにしてな。そういう更地で、時には祭りなんかをしてもいいんじゃねえかな。まあ、火除地のようなものだ。公式の火除地はあるものの、倉田殿はもっと増えればよいのにと常々思っていたそうだ」

「そうなんだ……。倉田様っていい方なんだね。疑って悪かったよ」

はないちもんめたちは項垂れる。木暮は続けた。

「倉田殿は、そればかりか、病がもしや広がっていないか心配だからと、近所の者たちを無料で検診してもらえるよう、取り計らってくださったんだ。その分の費用も出してくださったんだよ。まったく見上げた御方だ。礼を言ったら、照れ臭そうにこう仰った。初めて他人様の役に立てたような気がする、こちらこそ御礼を申し上げたい、とな」

皆、頭が下がる思いだった。

長屋の住人が烏鍋の後に訪れたという、徳之助とお弓の屋台も、真之助の計らいで、焼酎を振りかけて念入りに消毒したという。徳之助とお弓も検診してもらい、結果は無事だったそうだ。

木暮は付け加えた。

「あんな大身の御方でも、悩みはあるんだな。自分など生きる価値のない男だとずっと思っていたけれど、ようやく希望を見出せた、と仰られた」

奉行所は、鳥を食べぬよう、お触れを出したという。

貫壱の妹のお通は、お滝の計らいで、お滝の長屋の隣に住むことになった。

「しっかり者のお滝さんが支えてくれれば、お通さんも安心ね」

お市の言葉に、皆、頷いた。

金彌の後輩の銀治はめきめきと腕を上げ、橋野川銀治として高座に上がると聞き、木暮と桂は浅草の小屋まで観にいった。

暗い目をしていた銀治は、自分を貶める者がいなくなって気が楽になったのか、ずいぶんと表情が和らいでいる。銀治は巧みな話術で観客たちを笑わせ、怖がらせ、涙ぐませ、唸らせる。銀治の活躍を眺めながら、木暮は桂に耳打ちした。

「おい、銀治だってじゅうぶんにいい男じゃねえか。お客たちも大喜びだ」

「まことに。金彌は心の奥で、本当は銀治を恐れていたのかもしれませんね。いつか自分を喰うような講談師に育つのではないかと」

「それを危惧して、いびっていたって訳か。……肝っ玉の小さい男だったんだな」

銀治の見事な高座を、多くの観客とともに、木暮と桂も堪能した。

光一郎に弄ばれた形となったお涼とお純も、悲しみを乗り越えて、元気にやっているようだ。

木暮が首を捻ったのは、お涼の態度だ。一途なように見えたお涼のほうがあっけらかんと立ち直りが早く、光一郎のことなどとっくに忘れたかのように、新しい男と恋仲になっている。

一方、冷めているように見えたお純は、光一郎の墓参りを欠かさぬようだ。墓に花を供え、厳かに手を合わせるお純は、情に厚い女なのだろう。光一郎に、町方、そして世直し人が下手人たちを捕らえてくれたことを、報告しているに違いなかった。だから安心して成仏してほしいと願いながら。

時次に嘲られたお末は淡々と針子の仕事を続けていたが、その丁寧な仕事が見込まれて、大店の〈越後屋〉に引き抜かれることになったという。悔しい思いをぐっと呑み込んで、仕事に精を出したことが運を招いたようだ。

彼らの様子を窺いながら、木暮はお市に酌をされ、〈はないちもんめ〉で今宵も酔い痴れる。

「痛い目に遭った者たちも、どうやら苦苦を転じて福となしてるようだな」

「本当に。よかったわね」

お市は微笑みながら、〝茄子田楽〟を箸で摘まんで、木暮に食べさせる。それを嚙み締め、木暮は目尻を垂らす。胡麻油で焼いた茄子に、ほんのり甘い味噌ダレが堪らぬ一品。

今日は重陽の節句だ。

三

お市は木暮に相談し、倉田真之助とお通が仲よくなれるよう、仕向けることにした。二人とも木暮から話を聞き、会ってみることとなった。

真之助の屋敷の庭で、二人は語り合った。真之助は、お通の奏でる三味線の音色が美しいと褒めた。

菊の盆栽がいくつも置かれた緑豊かな庭で、優しく、静かな時間が流れていく。お通と心を通い合わせながら、真之助は思い切って言おうとした。頭巾の下、唇が微かに震える。

「お通さんとこんなふうに過ごせて、本当に楽しい。……でも実は、私は若い頃に火傷を負い、顔に」

真之助の言葉を遮るように、お通が澄んだ声を出した。

「真之助様は先ほど、私が奏でる三味線の音色を、美しいと仰ってくださいました」

真之助は口を噤み、お通を真っすぐに見る。お通は続けた。

「私も子供の頃の病が原因で、目が見えなくなってしまいました。私にとって美しいものとはなんでしょう？　幼い頃に見た景色……草花が咲く野原や、空が橙色に染まる夕暮れ、夏の日の川の煌めき、亡き父母そして兄の面影、などでしょうか。でもいずれも、ぼんやりと覚えているだけです。目が見えなくなってからのほうが、遥かに長いので。それゆえ、美しいとは、私にとっては見えるものではなく、心で感じるものなのです。真之助様をはじめ、ありがたいことに、私の奏でる三味線の音色を、美しいと仰ってくださる方がいます。色々な方に褒めていただき、私の奏でる音色は美しいのだと、いつしか自信を持つようになりました。ようやく分かったのです。ああ、美しいとは、こういうことなのだと。美しさとは、自分の心だけでなく、相手の心にも響くことなのだと。そして私は、自分の奏でる音色と、真之助様に、同じものを感じるのです。……心に響くのです」

真之助の手が震えた。思わずお通を抱き締めようとして、その衝動を抑える。

真之助は掠れる声で、お通に言った。

「よろしければ、これからも時々、こうしてお話しさせていただけないか」

「もちろんです。私のような者でよろしければ、是非」

微笑むと、お通はいっそう美しい。

「是非、三味線も聞かせてほしい」

「喜んで。張り切って弾かせていただきます」

静かな庭に、笑い声が響いた。

廊下の陰で、二人の様子を盗み見ながら、用人の浦賀は涙ぐんでいた。

――殿の笑い声を聞くなど、いったい、どれくらいぶりなのだろう――

一方、薬研堀の小さな稲荷でも、二つの影が揺れていた。

世直し人の元締めである幽斎と、その手下のお滝だ。金木犀が香る中、幽斎はお滝を見つめた。

「いつも支えてくれて、ありがとうございます」

「こちらこそ、お手伝いさせていただけて、光栄です」

「出来れば……ですが、公私ともに支えていただけるといっそうありがたいのですが」

「え？」

お滝は目を瞬かせた。幽斎の眼差しは真剣だ。

お滝は躊躇いつつ答えた。

「そんな……御冗談でしょう」

「冗談ではありません。本気です」

お滝は苦々しく笑った。

「私など、貴方様のような方には、不釣り合いですよ。しょせん莫連女ですもの、私は。ご存じでしょう？　私の背中には刺青が入っているんですよ。紋々背負った女なんて、貴方様に似合う訳がございません」

「おや、私を見くびってくれては困ります。私には、目に見えないものが視えるのですよ。背中の刺青など、目に見えるものではありませんか。そんなものは大したことではないのです。……私には視えるのですから、貴女の真の姿が」

お滝は言葉に詰まり、空を見る。優しい笑みを浮かべている幽斎に、お滝は掠れる声で言った。

「……こんな私ですが、こちらこそ、今後ともどうぞよろしくお願いいたします」

お滝は深々と頭を下げた。金木犀がふわっと香る。お滝が顔を上げ、目が合うと、二人は照れ臭そうに微笑んだ。

その二人を少し離れたところで眺めている女がいた。お花だ。

二人の話が聞こえなくても、勘がよいお花は察し、その場をすっと離れた。

薬研堀から両国広小路に向かって歩きながら、空を見上げ、お花は呟く。

「失恋かなあ」

でも涙は出なかった。憧れの幽斎と、憧れのお滝がくっつくのなら、素直に祝福出来そうだ。憧れの男が、憧れの女を選んだのだ、自分の目に狂いはなかったと、誇らしくさえ思う。

――でも、幽斎さんとは、師匠と弟子の間柄で、これからも色々なことを教えてほしいな。姐さんとも、今までどおり、仲良くさせてほしい――

そのように考えながら、お花の心はどうしてか晴れ晴れとしていた。お花が今日纏っている青い矢絣柄の着物はお滝から、帯締めは幽斎から譲られたものだ。それだけでなく、お花はこの二人から、たくさんの大切なものをもらったような気がしていた。

お花は胸を張り、広小路を意気揚々と闊歩する。すると、長作とばったり出くわした。

「あれ、お花ちゃん、いいのかい？　こんなところをほっつき歩いていて。店の手伝いは？」

「う、うん。今、休みの時分だからさ、お使いついでに、ちょいと散歩してんだよ」

「そうか。それならいいけどよ」

長作はお花の顔をしげしげと見つめ、唸った。

「なんだか今日のお花ちゃん、やけにさっぱりした顔して、いい女だなあ！　何かあったの？」

「え？　……別に何もないよ！　おだてたって何も出ないからね！」

「いや、ホント素敵だ。輝いてるぜ」

「ありがと、長作どんもやけにカッコいいよ」

微笑み合い、またねと手を振って別れ、お花は再び歩いていく。その後ろ姿を眺めながら、長作は独り言ちた。

「うん、いい女だ。おいらもお花ちゃんに相応しいような、いい男にならなくちゃな！」

お花を熱く眺めている男は長作だけではなかった。虎王丸もまた、小屋の陰でこっそりお花を窺いながら、胸をときめかせていたのだ。

――お滝姐さんに酷くフラれちまったら、わっし、お花さんに踏んづけてもらいたいっす。そしたら癒されまっす――

などと思いながら。

そんな二人の心など知っちゃいないといったように、お花は広小路をますます堂々と突き進む。堂々とし過ぎて、外股になっているのも構わずに。

――ふふ、いい女って言われちまった！　あたいは、まだまだこれからさ。若いしね！――

お花はふと立ち止まり、青空に向かって大きく伸びをした。秋の空は高く澄んでいて、鰯雲が浮かんでいる。

そのお花を、陰ながら見守っている者がいた。目九蔵だ。

お花は気づいていなかったが、お花が両国の小屋で小遣い稼ぎをするようになってから、目九蔵は時折こうして後を尾けて、見張っていたのだ。もし何か危険なことを仕出かしたら、止めに入るつもりで。

目九蔵はお花に、亡き孫の面影を重ね合わせていたのだ。生きていれば、ちょうど同じぐらいの歳ゆえに。

京出身の目九蔵は、実は大名の京屋敷詰めの家臣の家柄だったのだ。目九蔵が博識なのは、このような生まれ育ちのためであろう。だが、誠実ゆえに不器用だった父親は、陥れられて謀反の疑いをかけられ、手討ちとなってしまった。

家は取り潰しとなり、病がちだった母親はいっそう弱まり、父親の後を追うように亡くなった。

幼かった目九蔵は親戚に預けられたが、疎んじられ、孤独な子供時代を過ごした。家が取り潰しとなった目九蔵は、親戚の武家では使用人のような扱いだったのだ。だが、この時に料理を経験したことが、後の目九蔵を形作ることとなった。

思い悩んだ挙句、目九蔵は十五歳になると居心地の悪い家を出て、板前の修業を始めた。修業は辛く厳しいものであったが、料理が真に好きな目九蔵は耐えることが出来た。

腕がよかった目九蔵は、妬まれて嫌がらせをされることも多かった。それでも目九蔵はひたすら料理に打ち込んだ。どんなに辛いことがあっても、お客が「美味しい」と喜んで食べてくれると、目九蔵の心は満たされた。

目九蔵は気づいたのだ。美味しい料理は、人を幸せにすることが出来ると。そして思った。

——わては何の力もないけれど、料理で他人様を励ますことは出来るかもしれへん——

目九蔵は何かを悟ったかのように、ますます料理に取り組んだ。どんなに辛い時も、悲しい時も、黙々と働いた。それでも嫌がらせをされ、店を追い出されることもあった。しかし目九蔵は、まな板にしがみつき、離れなかった。これこそ自分の道だと決めたからだ。

やがて努力が実り、名店と謳（うた）われる〈山源（やまげん）〉に認められ、長く働くこととなった。

女房をもらい、子供も出来て、目九蔵は幸せを噛み締めた。小さい頃にあのような形で両親を失った目九蔵にとって、家族と過ごす時間は、かけがえのないものだった。

時は過ぎ、息子は嫁をもらい、孫が出来た。孫は女の子で、目に入れても痛くないほど可愛くて、目九蔵はめろめろだった。息子と嫁に、甘やかし過ぎだと怒られるほどに。

その数年後に女房が亡くなり、目九蔵は落ち込んだ。だが孫の笑顔を見れば、その痛みも癒された。

仕事を辞め、息子夫婦と孫と一緒に暮らしていたが、再び悲しみが目九蔵を襲った。

目九蔵が大山詣（おおやまもう）でに出かけている間に、押し込み強盗に入られ、息子夫婦と孫の命を奪われてしまったのだ。

目九蔵は酷い衝撃を受け、寝込んでしまった。今度ばかりは、立ち直れないように思われた。

目九蔵はどうして自分が犠牲にならなかったのだろうと、己の運命を恨んだ。どうして若い者たちの命が奪われてしまったのだろう。どうせなら老いた自分の命を奪ってほしかった。七つだった孫の愛らしい笑顔を思い出すと、目九蔵の胸は張り裂けんばかりになった。

――わては、すべて失ってしまったさかい。わてには、もう何もあらへん――

そう思い、目九蔵は啜り泣いた。

寝たきりのまま何も食べず、痩(や)せ細ってしまった。そんな時、〈山源〉の主(あるじ)が訪ねてきて、目九蔵を誘ったのだ。また働いてみないか、と。

――目九蔵はんの料理で、また皆を幸せにしてや。目九蔵はんはそれが出来る人やさかいに。

〈山源〉の主は、目九蔵に再び料理を作らせることで、彼を立ち直らせようとしたのだった。

その話を一度は断った目九蔵だったが、去り際に主が残していった言葉は、目九蔵の脳裏(のうり)にずっとこびりついたまま離れなかった。

――気が向いたら、いつでもおいでな。待ってるさかい。

そして目九蔵は、考えに考えた挙句、再び板場に立つことを決めたのだ。何かをしなければ、このまま悲しみの淵に沈んでいき、這い上がることが出来なくなりそうだった。

主が思ったとおり、目九蔵の心の傷は、料理を作ることで癒されていった。

そんなある日、主から、江戸で働いてみないかと話を持ちかけられた。心機一転を図って、目九蔵は承諾したのだった。

楽しいこともたくさんあったが、辛いことも多かった京を、暫く離れてみようと思ったのだ。

そして目九蔵は江戸へ出て、〈山源〉の紹介で〈はないちもんめ〉で働くようになり、今に至る。

〈はないちもんめ〉に集まる人々の姿を見ながら、巻き起こる様々な事件の話を聞きながら、目九蔵は、世知辛い世でも、せめて自分の料理で少しでも皆を元気づけたいと願い、料理を作り続けている。

すっかり大人びたお花の姿に、目九蔵の胸は熱くなった。

――ずいぶんと成長されはったなあ。一時は、大女将や女将を心配させてはったけど、今ではその二人をしっかり支えてはるものなあ――

思いが込み上げ、目九蔵はそっと目を拭う。目九蔵はこれからもずっと、お花を見守っていくつもりだった。

お花は空を見上げ、大きく瞬きをした。鰯雲はやはり鰯の鱗のような形をしていると、なんだか嬉しくなる。

——あたい、すっかり料理の楽しさに目覚めちまった！　一人前の料理人になれるよう、頑張らなくちゃな。目九蔵さんに、もっともっとたくさんのことを教えてもらおう！　そしていつか、幽斎さんとお滝姐さんの祝いの料理を、作らせてもらえればいいな——

幽斎からもらった宝物のような言葉が、お花の行く末を決定づけたようだ。爽やかな風が吹いてきて、お花は目を細めた。

奈良茶飯の炊ける匂いが、北紺屋町の通りに漂っている。晴れ渡る空の下、お花は店の前に立って、大きな声で呼び込みをした。

「旨くて安い、旨安御飯の〈はないちもんめ〉だよ！　今日の昼餉は、茶飯のほかに、蕪の味噌汁、まだまだ美味しい鰯か秋刀魚の塩焼きが選べるうえに、大根卸しもつけちゃうぞ！　ほらほら、寄ってってって！」

秋晴れの昼餉の刻、今日も多くのお客が〈はないちもんめ〉に集まってくる。

「お待たせしました、こちらへどうぞ」

お市がお客を出迎え、座敷に案内する。

「目九蔵さん、〝鰯の塩焼き膳〟と〝秋刀魚の塩焼き膳〟、一つずつお願いね！」

「へえ、かしこまりました」

お紋がお客の注文を、大きな声で目九蔵に告げる。はないちもんめたちは笑顔で大忙しだ。

「おう、賑わってんなあ」

木暮、桂、忠吾、坪八。常連たちがやってきた。

「いらっしゃいませ！」

今日も、お市、お紋、お花そして目九蔵は、力を合わせて張り切る。

〈はないちもんめ〉の創業者である多喜三の、《一匁（もんめ）の花のように素朴で飾りけなく、でも、皆を和ますことが出来る、そんな店にしたい》という志（こころざし）を守りながら。

はないちもんめ　福と茄子

一〇〇字書評

切・り・取・り・線

購買動機（新聞、雑誌名を記入するか、あるいは○をつけてください）

□（　　　　　　　　　　　）の広告を見て	
□（　　　　　　　　　　　）の書評を見て	
□ 知人のすすめで	□ タイトルに惹かれて
□ カバーが良かったから	□ 内容が面白そうだから
□ 好きな作家だから	□ 好きな分野の本だから

・最近、最も感銘を受けた作品名をお書き下さい

・あなたのお好きな作家名をお書き下さい

・その他、ご要望がありましたらお書き下さい

住所	〒				
氏名		職業		年齢	
Eメール	※携帯には配信できません		新刊情報等のメール配信を 希望する・しない		

この本の感想を、編集部までお寄せいただけたらありがたく存じます。今後の企画の参考にさせていただきます。Eメールでも結構です。

いただいた「一〇〇字書評」は、新聞・雑誌等に紹介させていただくことがあります。その場合はお礼として特製図書カードを差し上げます。

前ページの原稿用紙に書評をお書きの上、切り取り、左記までお送り下さい。宛先の住所は不要です。

なお、ご記入いただいたお名前、ご住所等は、書評紹介の事前了解、謝礼のお届けのためだけに利用し、そのほかの目的のために利用することはありません。

〒一〇一―八七〇一
祥伝社文庫編集長　坂口芳和
電話　〇三（三二六五）二〇八〇

祥伝社ホームページの「ブックレビュー」からも、書き込めます。

www.shodensha.co.jp/bookreview

祥伝社文庫

はないちもんめ　福(ふく)と茄子(なす)

令和 2 年 8 月 20 日　初版第 1 刷発行

著　者　有馬美季子(ありまみきこ)
発行者　辻　浩明
発行所　祥伝社(しょうでんしゃ)
東京都千代田区神田神保町 3-3
〒 101-8701
電話　03（3265）2081（販売部）
電話　03（3265）2080（編集部）
電話　03（3265）3622（業務部）
www.shodensha.co.jp

印刷所　堀内印刷
製本所　ナショナル製本
カバーフォーマットデザイン　中原達治

Printed in Japan ©2020, Mikiko Arima　ISBN978-4-396-34657-7 C0193

〈祥伝社文庫　今月の新刊〉

福田和代

S&S探偵事務所　最終兵器は女王様

最凶ハッカーコンビがIT探偵に？　危険なバディが悪を討つ、痛快サイバーミステリ！

あさのあつこ

天を灼く

父は切腹、遺された武士の子のひたむきな生を描いた青春時代小説シリーズ第一弾！

黒崎裕一郎

必殺闇同心　四匹の殺し屋　新装版

特異な業を持つ〝殺し人〟を始末せよ！　法で裁けぬ悪を〈闇の殺し人〉直次郎が成敗す！

有馬美季子

はないちもんめ　福と茄子

話題の二枚目の四人が、相次いで失踪。現場には黒頭巾の男の影が。人情料理&推理帖！

辻堂　魁

残照の剣　風の市兵衛　弐

二十五年前の闇から浮かび出た、市兵衛をつけ狙う殺生方の正体とは！

今月下旬刊　予定

安達　瑶

内閣裏官房

忖度、揉み消し、尻拭い、裏取引――超法規的措置でニッポンの膿を〝処理〟する！

今村翔吾

襲大鳳（上）　羽州ぼろ鳶組

父を喪った〝大学火事〟から十八年。新庄藩火消頭・松永源吾は、再び因縁と対峙する。